一念一生，不负年华不负卿

解晚晴 / 著

北京理工大学出版社
BEIJING INSTITUTE OF TECHNOLOGY PRESS

图书在版编目（CIP）数据

一念一生，不负年华不负卿 /解晚晴著. —北京：北京理工大学出版社，2017.10

ISBN 978-7-5682-4855-6

Ⅰ.①一… Ⅱ.①解… Ⅲ.①散文集—中国—当代 Ⅳ.①I267

中国版本图书馆CIP数据核字（2017）第225801号

出版发行 / 北京理工大学出版社有限责任公司

社　　址 / 北京市海淀区中关村南大街 5 号

邮　　编 / 100081

电　　话 / （010）68914775（总编室）

　　　　　（010）82562903（教材售后服务热线）

　　　　　（010）68948351（其他图书服务热线）

网　　址 / http: // www.bitpress.com.cn

经　　销 / 全国各地新华书店

印　　刷 / 三河市天润建兴印务有限公司

开　　本 / 880 毫米 × 1230 毫米　1/32

印　　张 / 8　　　　　　　　　　　　　　　　　　　　责任编辑 / 田家珍

字　　数 / 167 千字　　　　　　　　　　　　　　　　文案编辑 / 田家珍

版　　次 / 2017 年 10 月第 1 版　　2017 年 10 月第 1 次印刷　　责任校对 / 周瑞红

定　　价 / 35.00 元　　　　　　　　　　　　　　　　责任印制 / 李志强

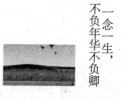

一念一生，
不负年华不负卿

目录
contents

一念一生，不负年华不负卿

一念一生，
不负年华不负卿

PART1

——

邂逅
·我有
一帘幽梦

第一章

艳不求名陌上花

原野吐绿，春风送暖，纵横交错的阡陌之上，一些朴素得叫不出名字的花儿，一茬接一茬地开着。它们开得漫不经心，却也开得洋洋洒洒；于怡然自得的散漫里，无拘无束地展现着勃勃的生机，一见，便让人满心欢喜。

与人们精心培育的大家闺秀式的名贵花木相比，尽管它们一点也不雍容端丽，一点也不名动天下，更像是窄门小院里旁逸斜出的无名花枝，或者就如院内盈盈浅笑的小家碧玉，但却自有让人耳目一新的清新明丽，有自己不染尘俗的独特气韵，无端便让人生了亲近感。

这是我的前世今生吗？每每看到这些花时，总觉得它们那么低调，却又那样纯真动人。它们就是最真实的自己，不管有没有人欣赏，它们都尽情而忘我地开着。它们不止开出了自己的风采，更开出了自己的风骨。

人生百态，美有千重。如果说风华绝代、倾国倾城是一种妖艳得让人窒息的美，挟着一股让人不敢直视的压迫感；那么那些阡陌上的小花，就是一种低调得让人安宁的柔和之美。面对这样的美，人们自然放松了紧绷的神经。而拥有了这样的美，也不必担心会冒犯了谁，更无须自寻烦恼成了谁的陪衬。你就是你，你就是那个独一无二的自己，就像这野地上、田埂间随风摇曳的小花一样；只与明月清风为伍，与空旷辽阔相伴，生命里自然有了淳朴的真气。

艳不求名陌上花，实则是人生一种很难的境界。艳字本身就生得极为招摇，像旗杆顶端高举的旗帜，因为有了高度，也因为夺目耀眼，自然会面对更多的关注和诱惑。

青春年少时，总希望自己出众，总想获得更多的关注，那时也真是一种争艳的心境。

彼时，在我老家的小镇上，十里八村的孩子都知道我的名字。每当我们在山路上擦身而过的瞬间，都能听到对方父母鼓励自家的孩子向我学习。因为在小学时，我便是学校里最为风光的学生。年年拿三好学生，次次考试第一名。每年的六一儿童节，父母必是戴着大红花坐到主席台上；我主持着学校里的播音室，每逢周二周五，给大家讲雷锋、赖宁的故事……

那时，我是师长眼中的好学生，父母心中的乖孩子。那是我学生生涯里最为惊艳的一段时光了，可我却并不快乐。

　　其实，在那些惊艳的背后，不过是藏着一个孩子最朴素的心愿。因为在我童年的时候，父母经常吵架，我总想用自己出色的表现，来博得父母更多的欢颜。

　　甚至到了周末，努力做着很多自己不堪重负的家务，过早地承担着不属于我这个年龄的繁重。很多时候，我都觉得自己好累好累，可是为了看到父母绽开的笑脸，总是一遍一遍地鼓励着自己，坚持下去吧！只要干完这些农活，父母就会高兴，一高兴他们便不会吵架……

　　在青春时期，也曾为了一份遥远而飘缈的爱情，一遍一遍地忍受着对方的冷漠和忽视。总想着只要我再努力一点，我再多给他一点温暖，也许有一天他便能爱上我。甚至为他许下了"你富贵了，你独享天下；你落魄了，我陪你颠沛流离"的诺言……

　　那也是我感情世界里最为惊艳的时光了。

　　不过现在想想，那时的自己也真是勇气可嘉。只是到了最后，那样的惊艳没有惊醒他，倒是成了我心头的一颗朱砂痣。

　　很多年以后，当走过尘世的千山万水，经历世间众多的冷暖沧桑后，我才突然明白，把生命活得温情固然重要，但更重要的是活出自己的风采，活出自己最真实的意愿来。看过一句调侃的话："我又不是人民币，怎么能让人人都喜欢我"。

　　人活一世，草木一秋。每个生命都有属于自己的名字和代号，都有属于自己的特质和密码。表面看来，我们活在世上只是活了一个名字，然而，活着，其实又不仅仅只是一个名字。

更多的时候，名字只是一个代号，可如果仅仅把名字做为一个空洞的代号而使用，人生就像一张轻如蝉翼的白纸，看着怪美丽动人的，可是少了人格、个性、品行这些骨肉血液的支撑，无疑这个名字就是一张皮，一张包裹着空气的画皮。

可见，名字真是繁重而深奥的哲学，不只需要我们辩证着去思考，更需要我们辨证着去实践，只有用心领悟方能参透。

常常听人感叹功名利禄场，聚散不由人；也有很多人说，人在江湖，身不由己。如若此中有真意，又哪来这样多的托词呢？

晋有陶渊明，不问功名，不为五斗米折腰。因一生向往山水田园之乐，因心有所系，最后终于把理想变成了现实，归隐于乡野阡陌之间，过起了日出而作，日落而息的理想生活。

为何他的理想就能成真呢？

美国著名社会心理学家马斯洛，把人生需求划分为五个层次，其中第一需求便是生理上的需求，而排在最高一层的是自我实现的需求。陶公不过是把自己的人生第一需求，与自己的价值体系结合在了一起，他的第一需求就是实现自我的价值理想。

耐人寻味的是，他本不想问功名，然他和他的"采菊东篱下，悠然见南山"却成为世人心中永存的恬淡，成就了中国古代文学史上永远的功名；而很多与他同一时期，一心求取功名的人，现在却没人知道他们的名字了。

总有人以愤世嫉俗的悲愤，感叹着现时代的急功近利，感叹人心浮躁，感叹世风日下。其实也不尽然，据可靠的资料记载，光在终南山上就有五千多隐士。他们远离尘世的喧嚣，每日过着朴素清淡的生活，一碟野菜，一碗玉米粥都是他们口中最美的佳肴。

他们自耕自取，什么荣华富贵，什么功名利禄，对他们来说都不过是天边的一片浮云。读书、弹琴、自修就是他们生活里最生动，也是最朴素的功课。他们就这样不问世事，惊艳在自己的理想王国里，就是一朵朵兀自芬芳的原野之花。

也结识一老者，文采斐然，书稿一部部写着，却从未见他出版过。有人说：你文字写得这么好，就这样放着不出书，可惜了。

他说："可惜什么？我只与我的兴趣为伴。这一篇篇文字，不过是我生活的真实记录而已。它们承载着我在这尘世里每一天的喜怒哀乐，等到有一天我不在了，它们也会随我而去，我何以要展览给世人看？我都不在了，又留它们孤零零地在这尘世做什么？三代之后，谁又记得我是谁？"

我知道那些文字于他，就是一朵朵墨迹浸染、心血浇灌的智慧之花。于他而言，它们开过了就好，又哪管它的花期有多久呢？

其实，仔细想想，又何尝不是如此？人生一世，不过短短数载，在浩瀚的人类历史长河里，我们都不过是微不足道的沧海一粟，不管你选择用何种方式来呈现生命的质感，只要活得努力而认真便足够了。因为百年之后，所有的一切都会归为尘土，那时名利又是什么？

然而，就这简简单单的一个"名"字，又是多少人一生的负累？其实追逐名利的过程，就像是翻越一座高山。远望时有神秘莫测的诱惑；一旦抵达了，登上了顶峰，也许初始会生出"一览众山小"的豪情和感慨。等你走过了流年，在须臾间再回首时，不过是不同的视角，不同的视野而已，未必真有风光这边独好的情怀。

人这一生追求什么，不过都是自己综合认知后的价值取舍，我们更无须像法官一样，用一些条条框框的东西作为准绳，在一个自定的高度去肆意评价别人的人生，然后却过着跟别人差不多的生活。

所幸懂得还不算太迟。

在以后的光阴里，努力地吸收着先人的智慧，在人生这片阡陌纵横的原野上，安静地做一朵艳不求名的幽静小花吧。无论有没有人记得我的名字，不管有没有人为我鼓掌，我都要活出自己的风采和光芒。

我只是我，不为声名艳丽而艳丽，只为生命的这一过程而生香。

第二章

当与你相见

随着年龄的增长，越来越喜欢美丽内敛的人事，像遇到那个似曾相识的自己，刹那便倾心相见了。

我喜欢这种简单而朴素的纯真，像宣纸上绿叶红花的水粉荷，在素净简洁之间，恣意盎然地展示着生命的朝气。红花衬着绿叶，红是接人待物时的喜气洋洋，绿是自立于世的盈盈自持，它们妙曼而又洒脱，美得纤柔而又倔强，一点也不浮夸俗气，一点也不矫揉造作。

从前，听别人说：人活到后来是要做减法的。那时年少孤傲的我，自然是不信的。减法，如何去减？是减去积极向上的拼搏，还是减去对一些美好事物的追求？人生不是随着年龄的增长，接触和认识的事物愈多，生命就会变得愈发的充实和丰满吗？

二十几岁的时候，常常心生抱怨，常常感叹命运特别不公，总觉得它于我过于苛责了。一些常人不曾遭遇的苦难，一些在我这个年纪不应该经历的事情，都无情而戏剧般地发生在我身上。然而，人这一生，总要经历一些事情。很多时候，命运更像是一只翻云覆雨的手，很多看似唾手可及的幸福，往往会因突如其来的变故或灾难，让你的世界在茫然失措间便分崩离析了。

苦难真的是人生一笔不可多得的财富，到了三十岁以后，豁然间就开朗了。"梅花香自苦寒来"，人生的很多懂得和成长，也只有历经了苦难的磨砺，方有暗香浮动的雅致和月落黄昏的韵味。

如果永远只是一株温室里的花朵，那样的不经风雨，固然是一生幸福的所在，自然也会有旖旎艳丽的芬芳。但那种薄如蝉翼的芬芳，却是极其脆弱苍白的。一旦遇到任何的风吹雨打，便会零落成泥碾作尘，洒落一地的花残。而那些温室里的花朵，终是可遇而不可求的缘分，命里有时自然是一生的幸福，若没那个命运呢？

很多时候，我觉得自己就是一株历经风吹雨打、野火焚烧的小草。虽然，一次次经历着命运无情的雨打风吹去，然而内心却始终洋溢着年年春风吹又绿的美好和希望。也正因为突然经历了那些措手不及的打击，我才遇见了真正的自己。一颗躁动不安的心终于开始安静了，再也没有往日的飞扬跋扈，再也不痴缠于一些无妄的牵绊了。

我始终相信，该来的一切总会来；努力过，哭过，笑过，然后见情见性地认真过好生活里的每一天，便不枉此生了。

生命里有些人自会相见，我一直相信缘分。不管你是否愿意，冥冥中一切自有天意。

那天，应一位朋友相邀，等我赶到时，有一位优雅明净的女子正坐在几案前泡茶。见我进来，她抬起头怔了一下，然后浅笑盈盈地招呼我落坐。

朋友介绍说她是这家玉器店的主人。

我迅速打量了一下店面，店中央摆着一张红花梨的大茶桌，茶桌对面是个精致的鱼缸，一些摆满玉器的柜台环绕四周，背面的墙上挂着几盆苍翠欲滴的吊兰，整个店面显得干净而整洁。

整个下午，我们都在她的店里喝茶聊天。在璀璨夺目的灯光下，感觉我面前的女子也是一块被时光浸染了的古玉，周身都滋润着静影沉璧的娴雅和宁静。

店里一直放着佛教音乐，她泡了福建茶农自己收藏的清茶。茶的颜色介于铁观音和乌龙茶之间，比铁观音稍浅却又不是乌龙茶那么苍老深沉，香气则类似于单丛里的芝兰香，我们一泡一泡地喝，亦不紧不慢地聊着。

后来聊的话题多了，就聊到我身上。

她说你一进门时，我被你骨子里透出来的与年龄极不相符的气韵惊到。

我问，"是沧桑吗？"

她说，"不！那是一种极为雅致的温婉，非宁静不能抵达。"

我知道，她所指的一定是这些年来生活对我的磨炼。我微微抿了一口茶，在心底幽幽地感叹着，所幸我并没有在混沌杂乱的生活里迷失自己。

她看着我的眼睛沉思了片刻说，你真是一个有福的人。只有懂得生活和热爱生活的人，才能把生活的磨炼升华成自己特殊的气质，才会这样让人赏心悦目。

只是那些过程……

她顿了一下，抬头微微笑了一下，没再说下去。然后轻轻把一盏茶推到我面前，继续招呼我喝茶。

我缓缓抿了一口她递过来的茶，"这茶很香"，我说。

我懂她没再说下去的原因。那些过程若细细回味起来，一定有痛楚的撕裂感。于此刻而言，还是这妙曼的茶韵茶香更慰心神。

当得知她大我十来岁时，换到我惊叹了。

在这个女子身上，岁月仿佛只是轻轻拂过的春风，丝毫没有留下任何痕迹。四十好几的人了，却依然肌肤胜雪；妙曼雅致的身材下，包裹的还是一颗单纯简洁的少女心，这真是难得。

那个下午，我一直暗想：如若我到了这个年纪，还能有她这份优雅和神韵，此生便真的知足了。

那样的时光像落潮的水，一寸寸地退下去，再退下去……这静雅悄然的时光，是山涧里缓缓流淌的清泉吗？此时，一切言语都是多余的，很多静默无声的冥想，更能点染生命的厚重和高度。

身后一尾在水中跳跃玩耍的红莲鱼，突然划破了这短暂的宁静，我们从沉醉中醒来，开始聊生活、自修、人生、得失取舍……灯光打在她脸上，像月光下波光粼粼的水面。她一边盘着油光发亮的小叶紫檀佛珠，一面盈盈浅笑地与我低言细语着。我只觉得，这个下午既是这样的生动，却又那样奢侈。

她不止修炼书法，有自己别具一格的书法作品集；还打理着规模不小的玉器店；至今研修佛法也已十多年了，是华严祖庭华严寺佛学苑的在家弟子；而且家中的孩子，还是一名正待高考的高中生……

我简直惊呆了，真是一个让人钦佩之至的女子。不仅凝神沉思起来，很多女性穿梭于家庭工作之间，已是一团乱麻，常常忙碌得分身乏术了。而我面前这位集美貌智慧于一身的女子，何来这样多的精力和时间，同时兼顾着这么多角色，还能活得这般高贵沉静？

也许她感觉到我凝神探究的目光，转身从侧面的高龛上，取出供奉的一枚有鸡蛋般大小的佛骨舍利，轻轻把它放在我手中，然后，转身不紧不慢地为我换了新茶。

我一直战战兢兢地捧着那个圣物，不知她予以何为，也不好意思开口询问。

过了片刻，她看我一脸窘迫，微笑着问我，"你感觉到什么了吗？"

我看着手中冰凉透亮的佛骨舍利，只觉得神圣而凝重，茫然间不知如何作答。

她微笑着取回舍利，用清澈明净的眼神看着我说："其实很多时候，你只需记得，你就是你；不管在你身上加置何物，你还是你。

你只需要找到哪个是真正的自己，然后与自己的真心相见，向着阳光生长就行。"

原来她说的是这些，我非常认可地冲她点头微笑。更多的时候，我们活得失了分寸，忙碌得乱了阵脚，却并未与真正的那个自己相见，只是被太多的外力侵扰了。

一个女子在年轻的时候，也许会醉心于异性目光中流露出来的爱慕。但到了我们这个阶段，则更愿意从同性中找到方向感和认同感。只有找到了并努力修炼，才能与最美的自己相见。

我们都是习性相近的人，刹那便相逢恨晚了。

"你看，这世间有一种人自当相见，"我说。

她盈盈一笑，低头替我又添了一盏新茶。

第三章

桃花开时话桃花

　　阳春三月，山花竞放，姿容秀丽灼灼其华的桃花，自然是文人笔下争相描摹的对象。同期热播的电视连续剧《三生三世十里桃花》，更是赋予了桃花深刻而悠远的情爱内涵。

　　对于生活而言，桃花自然是美和浪漫的象征。但在唐七的笔下，桃花早已不再是单纯的桃花了。更多的时候，它是作为刻骨铭心、深入骨髓的爱情意象而存在。三生三世，十里桃花，多么久远而盛大的铺排啊！像梦，一个粉艳粉艳的梦；一个只可臆想，不可触摸的梦。所以它只能是故事，只能是无法落地生根的上古神话。

　　写桃花的文字，最爱雪小婵的《世有桃花》。在她的笔下，桃花是女子，是一个不止妖娆妙曼，而且极具艳荡风情的女子。我以为她笔下的桃花像妖精，而且是秦淮八艳那样香艳旖旎的妖精，一静一动皆是鬼魅妖娆的摄人心魄。

如果把桃花比作女子，我宁愿桃花是我们西北女子。不止有美丽姣好的容颜，洒脱不羁的个性，还有视死如归的勇气和担当。而这样的女子若有心事，也必然不会遮遮掩掩、躲躲藏藏的，必然是浓艳而热烈地挂在脸上。那是喜上眉梢的兴高采烈，是一目了然的妖娆明媚，更是一朵化作千万朵的盛大璀璨。

在爱情面前，他们是烈火、云霞、红酒，是让男子欲罢不能的罂粟，是战场上不让须眉的巾帼，没人能够拒绝她们的热烈、奔放和率真。只要爱上了，便是至死方休的痴缠，千年不醒的沉醉。像一坛储藏了千年的女儿红，一开启便香飘四野，只浅尝辄止就醉了，一醉便再不愿醒来。

《世有桃花》里的"桃花"，面对魅惑人心的爱情时，在青春时期，有着生动羞涩的向往，是欲语还羞的小心翼翼，更是青涩茫然的含苞待放；在成熟时期，有阴柔妩媚的妖气，是热情似火的烈焰，更是婉转低眉的风情。在遭遇阻挠时，她们便化身坚忍不拔的磐石，奋不顾身的飞蛾。而最凄美的，当是李香君溅在桃花扇上那一抹触目惊心的"桃花血"了。

《诗经》里写桃花："桃之夭夭，灼灼其华。之子于归，宜其室家"，在这里，桃花也是作为女子形象而存在的。这样甜美的爱情，这么美好的女子，怎能不让人怦然心动呢？

只要深爱过就知道，在爱情面前，哪个女子又不曾是一朵不管不顾的桃花呢？又不曾赴死一样地爱过呢？

爱情来了，她们便奋不顾身地勇往直前，就算明知前方是万丈深渊，只要对方一个召唤，也会无怨无悔地纵身跃下。粉身碎骨全不惜，只留真爱在人间。她们赴死一样的爱着，总以为能感动那个心仪的男子，却不知到后来，她们只是感动了自己。

无数冷雨敲窗的夜，只能任那些彻骨的伤痛，像那滴滴答答的梧桐雨，空阶到天明。任风也萧萧，雨也萧萧，瘦尽花灯又一宵。原本饱满而热烈的心，到后来就成了失去莲心，被伤痛击打得千疮百孔的莲蓬……

也有性情刚烈如杜十娘或祝英台者，只能落得香消玉损，化蝶相伴的凄凉和哀婉。这样的爱情虽然浓艳热烈，却过于沉重，叫人既悲怆又惋惜。是一种无可奈何花落去的惆怅，是黯然销魂长恨九天的伤逝，更是人生不能圆满的悲凉和萧瑟。

每年看到那些赴死一样盛开的桃花，我常常疑惑地问自己，曾几何时，我也是它们之间那粉艳艳的一朵吗？桃花又真的只是女子吗？

可当我在那些陡峭嶙峋、鬼斧神工的险峻山岩上看到临风而立的桃花时，我觉得它们更像临危不惧的勇士，是奔赴沙场视死如归的英雄。

还记得那乍暖还寒的三月，华山之巅还是一片光秃秃的阴冷之色，在壁立千仞的悬崖上，彼时的那些桃花，却开得热烈疯狂，瞬间便让我爱到了极致！那样惊心动魄的盛大，仿佛虔诚的朝圣者，在一片寸草不生的岩石上，桃花作为唯一存在的生命，拼命而放肆地开着！开得仿佛是沸腾在悬崖峭壁上的云，那样繁华而又灿烂，好像一不小心，顷刻之间，它们便热烈得要燃烧起来！

那一刻，眼睛莫名便湿了。桃花做为一种山野常见的植物，常常开得漫山遍野都是。因此，桃花在世人的眼里并不怎么珍贵，甚至显得粉艳而不知羞涩，故此桃花还成了那些动机不纯情爱的代名词，也因此才有烂桃花一说。

当我看到眼前这片桃花时，我在心底为它们叫屈。那些不曾交付真心的情爱，又怎能当得起桃花这一开倾城的热烈和盛大呢？

远眺着那些寸草不生的石壁，面对着毫无生气的大自然，那些桃花作为唯一的生机而存在，它们在我的眼中，早已不再是世俗山野里所见的桃花了。它们呈现于我的，更多的是一种生命的桀骜和不屈。她们更像从容赴死的士兵，视死如归地直逼生命的临界点，它们在绝地求生的境遇里涅槃重生。它们飞蛾扑火般不管不顾地开在自己的世界里，刹那便惊艳到极致，也震撼到了极致。

在我老家的房前屋后，到处都能见到桃花的身影。桃花作为乡野一种最普通的植物，不止有着美化环境的作用，桃树还被当作一种辟邪的法器使用。

犹记得年少的时候，每每晚归时，母亲便会从路旁野生的桃树上折上几根桃树枝丫，插在我们身上。母亲说，有了桃枝护身，邪恶便不会侵扰。到了夜间，村民遇到谁家婴儿无故啼哭时，便在床前挂一柄桃木剑，婴儿便不再哭闹。

我也见过在家乡的丧葬仪式上，老人用桃枝按死者年龄的整十为单位来串熟饼，串好后挂在死人脖子上，顾名思义为"打狗饼"。据说在去阴间的路上，过"饿狗村"时，扔给它们便能脱身，不至于耽误了向阎王老爷报到的时辰而导致受罚。

当然这些只是一些世代相传的民风民俗，自然是没有什么科学依据的。但桃树在我的家乡，却有着神奇而不可替代的地位和作用。虽然它们普普通通，漫山遍野地开着，却也神圣得不可侵犯，俨然就是我们的守护神。

静思笔下的桃花，眼前突然浮现出老屋前的几株桃树来。在这本应开花的季节，不知此时那几株桃树上，是否也是一片灿烂的花云呢？如若是，它们又可否承载我前世今生的夙愿？让我在下一世的轮回里，也做一朵热烈而奔放的桃花吧！

哪怕只开一季，那怕只爱一回，哪怕一生只等一个人……

而我终归知道，生命里所有的热烈和繁华，在时光的掠影里，都会不堪一击！这一世，漫长的是日子，而短暂的却是青春。桃花会谢，我也会在时光的悄然流逝里慢慢地老去……

第四章

愿君此生惜相怜

愿君此生惜相怜，写下这几个字时，心都软了。

特别是相怜两个字，读起来软绵绵的，像刚刚从泥土里冒出来的新绿嫩苗，萌萌的让人心动；也像早春微雨后硕大的白玉兰上，晶莹剔透摇摇欲坠的雨滴，于生动的美好里，却又透着让人紧张的担忧和不安。

阡陌如画，感受着柔柔的春风，远眺一排排袅袅婷婷的烟柳，近观一丛丛随风摇曳的迎春，那吹面不寒，那疏影娉婷，那楚楚动人，处处都是怡人的写意。

或者这便是怜惜了吧！想要呵护，想要珍惜，却又茫茫然而无可适从。不过还是止不住地担忧，欲罢不能地牵挂，才下眉头，却上心头地萦绕着。

惜和怜，一定是孪生兄弟，只有想要珍惜，然后才能设身处地地去在意对方的所有感受，进而学会珍惜。

这样的感觉，一定是爱了。只有爱才会让人这样的小心翼翼，患得患失而神魂颠倒。因为你已把他放在心底，他的一举一动，一颦一笑，都会时刻纤细而敏感地牵动着你的神经。

也许只是他无意间的一句话或者一个表情，你也会自诩有深意的独自琢磨半天。此刻的你，就是一个在山涧里采摘了一朵野花的少女，撕一瓣他爱我，再撕一瓣他不爱我。数到最后，如若是自己心里期许的答案，自然是欢天喜地、笑靥如花地觉得这就是前世今生的缘分了，你只不过顺从了天意。

如若数到最后，变成自己不想要的答案，瞬间便失落得像个孩子，心底沉甸甸如一团死水。不过转念，你会跟自己耍赖，也许是自己刚才不小心碰落了一个花瓣呢？想到此处，你会欣欣然地重摘一朵，然后由他不爱你开始，剩到最后，也许就是你想要的了，是他爱你吧？

怜惜一个人时，就算他做了伤害你的事情，明知道是他不对，可你总有千万个理由在心底为他开脱。因为你爱他呀，你总怕自己没有设身处地地理解他的感受，你总怕因为你的粗心大意而让他受到了委屈，这就是最深的怜惜。

只是很多时候，在我们这样去怜惜一个人的时候，他却不一定正好与你同步。情爱从来都是无厘头的事情，你深爱的，想要一生珍惜的那个人，也许正像你一样怜惜着别人。所以无论你多么感同身受地理解他，他不爱你时，你所有的感受到后来都会变成委屈心酸的顾影自怜，变成自怨自艾的声声叹息，变成痛苦不堪的独自涕零。

他若没有怜惜，无论你多痛苦，他都不可能感同身受，那只是你自己的"半江瑟瑟半江红"，你自己的孤寂独立楼台烟雨中。

那日在网上读到白玉所做的一首诗：

吾本是，荷花女，衷肠未诉泪如雨。君若看到荷花泪，可知荷花几多苦？

吾本是，荷花女，只是与君心相许。今宵为君把歌唱，句句都是伤心曲。

吾本是，荷花女，朝朝暮暮为君舞。看尽人间多少事？知己只有吾和汝。

……

瞬间便有戚戚然的怜惜了，一个清丽脱俗，见情见性，孤高清寂，却又愿意为爱低头的女子形象，顷刻便跃然纸上。

古往今来，又有多少这样顾影自怜，惹人心疼的女子呢？班婕妤算一个吧！

班婕妤姓班，姓名不详，婕妤只是她在汉宫中的一个封号。

初入宫时，汉成帝被她的美艳风韵倾倒，加之她文学造诣极高，尤精擅史事，与成帝言论时常引经据典，且又熟稔音律，固颇得汉成帝宠爱。

宠到极致时，汉成帝忘了皇权的威严，竟然要班婕妤与其同撵，一刻也不愿意分离。那样极尽温柔的儿女情长，哪个女子不怦然心动？然而贤德如班婕妤者，从小受古训、封建思想的熏陶，自然无法恃宠生娇。因为她不是飞燕、合德之流，她深知做为一个至高王者身边的女人，应该有所为而有所不为。

而后来媚俗以色侍君的飞燕、合德来了，班婕妤便再无昔日的恩宠，甚至落魄到需要依仗太后的庇护，才能求得一隅偏安。昔日那个把她放在心尖尖上的男人，再也不正眼瞧她了。

想着往昔的琴瑟和谐，她有怨吗？

自然是有的。不怨，又哪来的《怨歌行》(《团扇诗》)呢？

新裂齐纨素，皎洁如霜雪。

裁作合欢扇，团团似明月。

出入君怀袖，动摇微风发。

常恐秋节至，凉飙夺炎热。

弃捐箧笥中，恩情中道绝。

她是怨他，但却并不恨，毕竟她们也曾有过快乐而美好的时光。

王昌龄曾在《长信秋词五首》里，把她当作了宫怨女子的代言人。可惜王昌龄不是女人，如果王昌龄是女人，他一定不会那么写。

身为男人的他，又怎能懂得女人在面对美好情爱消逝时的那份伤痛和哀婉？尤其是班婕妤这样一个颇有才情和风骨的女人。她可以失去，却不能讨人嫌，因此她只能避开。她怨的，不过是他情爱的转移，却并不是自怨自艾，自暴自弃。

曾几何时，她就是那娟娟美好，皎洁轻盈的扇子，出入君王怀，善解君王意。

只是岁月悠悠，深宫寂寂。帝王的情爱，从来都是只闻新人笑，哪听旧人哭的片刻欢愉。又哪有那样多惹得帝王带笑看的相惜相怜相伴?

她孤寂吗?

永巷的夜,从来都是孤独漫长的。

汉成帝驾崩后,了无生趣的班婕妤本可以选择魂归九天,那是永远的解脱。可是她却天天陪着汉成帝的陵墓,冷冷清清地走过了她的晚年,那是风烛残年的傲骨。她所珍藏的,不过是人生只如初见的那份怜惜。

这样的女子,自然让人怜惜到了极致,只是唯独没有得到她所爱男子的怜惜,固成为后世万千文人笔下的惋惜。

仙剑里赵灵儿对李逍遥说:

"仙灵岛上别洞天,池中孤莲伴月眠。一朝风雨落水面,愿君拾得惜相怜。"

要有多深情,才能说出这样的话来?

每个女子,在深爱的人面前,都是一朵娇羞的水莲花,是那一低头的似水温柔。尤其是初恋的时候,见了他,和羞走,倚门回首却把青梅嗅。在青涩的稚嫩里藏着忐忑的心事,想见却也怕见;见了,心里激动得像打鼓似的,刹那便开满了粉艳粉艳的十里桃花。那样的娇羞,自然是最惹人怜了。可前提是,你喜欢的那个他,也正好喜欢着你。

在艺术人生现场,当主持人朱军问王志文,怎么年过40了还不结婚?

王志文说:"没有合适的。"

朱军问:"不会吧?怎么样才算合适?"

王志文沉思了片刻说:"我只想找一个随时随地能听我说话的女人。"

找一个这样的人难吗?

说难也难，说容易也简单，只看这个人会不会怜惜你。

如若心生怜惜，你半夜打电话时，她首先想的是不是你遇到什么事情，而不是嫌弃你吵了她的美梦；你在她忙于工作时打电话，她不会不接，即使再忙也会说明原委，而不是让你一个人焦虑不安地等待。因为她懂得如果你打不通她的电话，会担心，会不知所措。而她呢？因为懂你的忙碌，明知道你在会议或者工作的时间，没有非常重要的事情绝不电话相扰。

这就够了，如若两个人相互生出这样的情愫，一定能相伴一生。

母亲后来回忆与父亲相处的二十多年的日子，让我印象最深的，不过是说每每她出门归来的时候，父亲看到她拿着行李，便会远远地去接她；而遇到天气突然下雨了，父亲会拿了伞，跑去几里开外的地方接她，如此而已。

我想那一刻母亲是幸福的，因为那个作为她丈夫的男子，懂得怜惜她。

其实爱情到了最后，就是相互的怜惜，你懂得他的不易，而他也懂得你的担忧和牵挂。所有的情意，到后来都实实在在、真真切切的落于一日三餐的俗世烟火里，一粥一饭，吃喝拉撒，都充满了懂得的怜惜。

不过是他口渴了，你递给一杯他喜欢的茶，而且正好是他刚刚能够入口的温度。

睡到半夜，你口渴了醒来，不愿意起来，自言自语地说，"我口渴了。"

而他会说，"你躺着别动，我去倒水给你。"

如此，便是最深的怜惜。

第五章

一人一椅一壶茶

喜欢春天，却也最怕春天。

每年春天，百花姹紫嫣红地开着，大自然更是一片生机盎然的景象。可我的内心深处却常常是一片空山寂寥的落寞，有夜色如水的秋凉。总有一种怅然若失的卑微和痛楚，无声的在心头攀爬着。

没人懂得我的失落和迷茫，可我自己知道。

在那些灼灼其华的生命面前，在那些灿烂如霞的盛大面前，渺小的我走在人群里，如同被海水淹没的我，又怎能不心生感怀呢？

"一人一椅一壶茶，清坐林间看落花。一笔一砚一丹青，悠悠清梦与谁同"。那天微雨的黄昏，窗外的草色已是一片遥看茵茵的凄迷。百无聊赖之间，无意中在网上看到这首不知作者是谁的诗时，瞬间便击中了内心最柔软的地方。

那诗里有花落人独立的静美，有清雅凝香的孤芳自赏，是一份怡然自得的闲情。虽然最后也有渴求知音的惆怅，但更多的却是自我的清远宁静，刹那一股莫名的孤独开始退却。

其实，仔细想想，哪一个人不孤独？怎么会应该孤独呢？

有人选择做一番惊天动地的事业来填满生命的缝隙；有人会用一场接一场的情爱来证明生命的热度；还有人会千里奔袭地去见证这尘世的万水千山；当然也有一些人，会选择一场慎独的人生修行，来打磨和修炼自己的品行和心性。

在无常的人生面前，我们都是一叶漂浮在汪洋上的小船，有着太多出没风波里的不确定性。但无论用何种方式来填补这漫长而飘摇的一生，每个人都在尽力扑腾着，没有人甘于被孤独摆布、束缚、奴役。

在无情的时光面前，我们都是孤独的舞者，孤零零地来到这个世界，总有一天也会孤零零地离开，没有人能够陪你到永远。父母会老，孩子会逐渐长大，爱情也有褪色的时候，而唯一能支撑我们一路走下去的，便是自己那颗自立而坚强的心。

那日整理东西时，无意中看到泛黄的日记本上有这么一段话：

当一把竹椅，空留了一生的等待；一份心灵同息的夙愿，被命运无情地分崩离析时，谁的叹息被留在梦中？

心里一惊，泪差点落下来了，这段话其实是写给母亲和父亲的。

那是十年前，父亲突然就去了，母亲整日以泪洗面，悲伤得乱了方寸。就连父亲的丧事，都是我这个还是一般大人眼中的孩子在料理。那一刻，我突然就长大了。

料理完父亲的丧事，按照当地风俗，所有与父亲相关的物件都要烧掉。而母亲那时却突然清醒了，扑倒在父亲当年亲手做的桌椅上，固执地不让大家动。

母亲护着那套桌椅，就像老母鸡护着要被老鹰叼去的小鸡一样。

那一刻，母亲倔强得像一个三岁的孩子……

所有人看到母亲的神情，都心酸地拭擦着眼角。

我也加入了对那套桌椅的保护当中，最后执事长辈无奈只好作罢。

就这样，那套桌椅成了父亲留给我们的唯一念想。还没搬离老屋时，每次回到老家，我都要去被母亲擦得油光发亮的桌椅前坐上一小会。而后来搬了新家，那套桌椅仍被母亲搬了过去，安置在和邻居家共用的夹墙过道里，母亲在那里种了桂树。

我们闲暇回去的时候，也会坐在那套桌椅前喝茶。只是少了父亲的气息，那茶里便少了很多温情。因此，总是常常想念与父亲喝茶的时光……

直到今日我仍然不懂是何缘故，只觉得年少时家乡的时光总是格外漫长。日子像薄雾似的，总在带着金属色的阳光里飘着，太阳仿佛被什么拽着一样，慢悠悠地挪不步子。

特别是夏天，一抬头，太阳刚刚爬到山边；再抬头，太阳只不过向前迈了几步；等到了中午，太阳好像被仙人施法定住了，直愣愣地挂在空中，一步也不肯走了，直烤得大地能冒出烟来。而每到这个时候，劳作了一上午的父亲，便会汗流浃背地从地里回来。

母亲总是依在门槛上，远远地眺望着父亲归来的方向。每当父亲从山弯那边闪出人影时，母亲便会急切切地走进屋里，端出提前沏好的连翘凉茶，放到两排房屋中间的过道里。

那个过道位于南北走向和东西走向两排房屋的交界处，顶上盖着土瓦，在靠近屋檐的一边栽有一颗梨树，一年四季有长风穿堂而过，最适合夏天纳凉了。

而梨树下，放着父亲亲手做的竹椅和橡木桌子。

我从来没觉得母亲做的凉茶好喝。每次母亲倒给我们时，我们都觉得苦涩且难以下咽，便一窝蜂似的四散跑开了。可是，只要母亲倒给父亲，父亲便会喝，倒一杯喝一杯，一喝就是一个中午，一喝就是一个夏天，父亲就这样慢慢地喝过了很多个夏天。

我曾偷偷地问过父亲，"你觉得母亲做的凉茶好喝吗？"

父亲笑了笑，"我若不喝，你母亲总担心我会中暑，倒是喝了的好。"

如今，父亲不在了，母亲再也不做凉茶了。

以前曾听别人说过，母亲年轻的时候，可是我们十里八乡出了名的美人。母亲自己说，之所以嫁给父亲，是因为父亲懂她，在意她的感受。那时尚未成家的我，自然是不以为然的。时至今日，方懂母亲的心情，其实一个女子最想要的生活，莫过于有一个知自己懂自己的男子相伴一生。你说与不说，他都能懂；你的在意，他恰巧会放在心上，如此而已。什么富贵荣华，什么金钱地位，她们全不在乎。只要你是她们想要的那个人，即使和你一起吃糠咽菜，她们都能吃出蜜一样的甜来。

为此很多人一生，都在寻寻觅觅。

然而更多时候，生活总喜欢跟我们捉迷藏。你以为找到了，终于可以交付一颗真心了，却不知在你欢天喜地的刹那，一颗原本充满希望喜悦的心，也许只是对方一个意念的转换，便会跌到谷底。

张爱玲爱胡兰成吗？

那样一个才华洋溢的女子，她肯为他低到尘埃里去；且用文字表白说，低到尘埃里还要开出花来，可见是爱了，而且是深爱。

能写出那样冷静深刻文字的女子，有什么是她不懂的呢？爱得没了自尊，爱得失了分寸，可是后来呢？她是低到尘埃里了，可开出花朵的，却是他和别人。此后一生，张爱玲再无那样刻骨铭心的恋情，即使后来也曾有过短暂的婚史，可也耗尽了她的文学才华。此后，张爱玲一直过着深居简出的生活，最终客死他乡。

那样一个精灵一样的女子，如若她愿意，难道没有更好的人去爱她吗？

只是经过赴死般的爱情，她知道自己的心空了，她开过这一季便谢了。她再也不能那样卑微地去爱了，所以她选择不再去爱。

于她的余生而言，她终于明白，所有的经历都是组成生活的一部分，包括爱情。努力地开过一季便好，谢了也就谢了，所以她把自己的余生交给了挚爱的文字。

很多人惋惜一代才女的悲情遭遇，只有她自己知道，那是一份闲坐林间看落花的悠闲。她再不愿与这尘世将就，哪怕也曾有悠悠清梦与谁同的惆怅。她把她的爱，全给了文字，给了翻译，给了自我坚守的心性。

哪怕以后再也写不出那么刻骨铭心的文字，她亦没有抱怨，没有软弱，她就是她。

想着张爱玲的一生，我不仅感慨：一人一椅一壶茶，独自起舞的清净生活，又有什么不好呢？

生命之花开过一季也会凋零，更何况是爱情？既然很多路注定了要一个人走，何不在心中也为自己放置一把椅子，沏一壶静心明目的清茶，以悠闲的姿态去看待生命里每一场盛大的花开呢？

也许是一份爱情，哪怕是一场邂逅，或许只是一次路过……

第六章

路过你的城市

人类真是奇怪的生物，一个地方待得久了，总不免生出厌倦之情。幸好地球这么大，尘世里的山山水水那么多，不同地域的风俗民情更是天壤之别，在倦怠到极致的时候，人们往往便想到了旅行。

我们都是流落天涯的寻梦者，如果让你来场说走就走的旅行，你最想去哪里？

在一本小说里看到这句话时，我不禁问自己：如果有人问我，那么我最想去哪里呢？脑海里随即浮现出你的身影，浮现出你笔下所描绘的城市来。

那是一个人杰地灵的所在，有厚重悠久的人文历史，山川秀丽的自然风光，还有香飘四溢的各色美食。那样的美，有意不可挡的侵袭，像梦一样绵柔，却又像童谣一样亲切，更像是留在时光深处的一首古诗，在平平仄仄的日常生活里，连俗世的烟火都生了妙曼的气息。

你常常引以为傲地细数着那些引人入胜的风物风情，我禁不止在妙曼的遐想里，一次次在心底邂逅你的城市，邂逅你一路走来深深浅浅的步履……

恍惚间，你还是外婆摇橹声中，憨态可掬、慵懒嗜睡的幼稚小儿；须臾之间，你又长成一个明月清风、玉树临风般的少年……

而此刻器宇轩昂、雄心壮志的你，又沉浸在那片山水的那一幕夜色下，为了你心中的雄伟蓝图，而匆忙奔走着呢？

有人说：爱上一个人，便会恋上一座城。

我曾好奇地问你，在你心底，是先有一座城，还是先有一个人？

你笑而不语，我知道那时的你，心中一定有个清晰明了的答案。

我不再问你，独自在自己猜测的答案里遐想着。我喜欢这爱屋及乌的弥散，这样的延伸，就是一个深情绵延生香的故事。生活只有有了故事的延绵，才有无尽的回味，才能散发出芬芳而迷人的味道，如一条曲折而悠长的小巷。

人这一生，如心无所系，哪里都可以安家；只要是不曾走过的风景，哪里都能感受到不一样的精彩和况味。

而当一个人开始念念不忘某个地标时，一定是因为某个人。先有对一个人的牵挂，然后才有对一座城的想象。

原本陌生的城市，也许就因某个人的存在，想起他时，刚才还是一团墨色的脸，顷刻嘴角便会浮出微微上翘的弧度，眼眸里开始闪烁着温和而明媚的光芒。这样的心情无关相识，无关熟悉，却只跟风月有染。

遥想着千里之外的你，我曾一次次在落日熔金的暮色里，铺开你城市的地图，在古人遗留的画作里，尽情地展开对那座因为你而熟悉的城市最盛大、最丰腴的想象。

三江汇流，船只穿梭，扁舟泛波。水榭亭台点缀，寺庙楼阁呼应，街市码头密布，各色旅馆、吊脚楼、民房鳞次栉比。含黛的远山微微呈现出苍茫之色，一抹抹苍绿像栅栏一样错落有致地将整座城市囊括其中。想象着你每日穿梭其中，奔波忙碌的样子，我抚摸着画册上的城市，发出了微微的叹息。

你曾数次邀约，来吧！来我的城市走走，来看看我吧！我带你去感受一下不同于北国的地貌风情，我这里的风景可真美啊！

我笑：其实你知道，有你的地方，就是最美的风景。

你也笑了，感觉那一刻，你幸福得像个孩子。

只是那时我们还情到浓处，花开正好。

然而不知是巧合还是天意，一次次的邀约，一回回的规划，到了最后，都是阴差阳错的难以成行。

后来的后来，当所有的温情都被时光吹落在风中，去你那里走走的想法自然搁浅。

只是今日，我在无尽的回忆里再去品味当初的一切，当所有的记忆还在我的思绪里迎风招展时，我才知道有关你和那座城市的一切，其实早就屹立于心中。

走在你熟悉的街道上，已是春光明媚的三月，空气里有淡淡的花香。

我不疾不徐地穿行在熙来攘往的人潮当中，心里有忐忑的欢喜，亦有一些小纠结的情绪在缠绕着，这就是所谓的剪不断、来理还乱吧！

我怕一抬眼，你便远远地朝我走来；我也怕，再见你时，你冷漠地装作不认识我；更或者是你愣愣地站在我面前，那么，我又能对你说点什么呢？

此番不经意的前来，并不是一场提前预约的相见。在这一千多万人口的城市里，在这车水马龙、行人如织的街头，碰见你的概率又有多少？这看似皆有可能的一切，都不过是我自己的臆想。时隔多年，在面对你的一切时，我仍然慌乱得如同初识，想到这里，我不禁哑然失笑。

人生自古伤别离，自从那次分别后，有关你的一切，我早已把它尘封在心灵的某个角落里，早已成为我夜里不愿再翻阅回忆的枕边书。如果不是记忆的闸门突然打开，我几乎以为，你只是我千里之外曾经熟悉的一个陌生人而已。

月有阴晴圆缺，人这一生注定了会有很多的遗憾和失去。也许正是因为遗憾，因为失去，因为不圆满，那些曾经得而失去的人和事物，才会显得格外珍贵，才会让人感觉十分的惋惜，进而令人分外地印象深刻。

信步踱上一座拱桥，有清婉如诗的女子从身边款款而过。不知道此时陪伴在你身边的女子，是否也有如斯的美好？一向清冷如霜的你，会不会在时光的浸泡下，眉目间开始泛起了似水的柔情？就这样徜徉在与你息息相关的这一方天空下，好像空气中都飘浮着你的气息。我默默地对着一帘烟雨许愿：一愿你此生幸福安康；二愿岁月馈赠给你的，不再是飘摇不定的颠沛流离。

我曾以为，你说的永远一定很远；我曾以为，时间、空间、距离，这一切的一切，对我们来说都不是问题……

那个时候，我总学不会在心间设防。你说你来吧，我便急不可耐地整束行装。当那个被我用心打好的行李包，被你一句轻轻巧巧的话语，无数次装满再掏空的时候；我那充满喜悦的心，也被你一次次地装满再掏空。失望得久了，原本那璀璨如星的希望，终于开始一点一点暗淡下去，最后只能染上了墨色，我终于疲惫不堪地选择了放弃。

而今，当我独自漫步在有你的城市，呼吸着你曾呼吸过的阳光，那些往事竟如潮水般漫了上来，我才知道你是我今生今世红尘里最不能忘却的回忆。

望着窗外粉墙黛瓦的建筑，好似你就在不远处某个朱漆的格子窗内，奋笔疾书着那浓情厚意的字句；又好像你只是一个跟我捉迷藏的顽皮孩子，不经意间，你便能窥探到我被春水染绿的心思。

我也曾无数次憧憬着、想象着与你一起漫步在你的城市里。我们手拉着手逛街，去寻觅你曾经描述的独具一格的特色小吃店；更或者是你在街边给我买了一个甜筒，一串冰糖葫芦……

其实，你不知道，每一次柔情蜜意的想象，就是在我心中燃烧的灼灼火焰，在那些奔腾翻涌的思念中，我一次次被那些烈火烧得遍体鳞伤。我只能在心中一次次默默念着你的名字，那思而不得的泪，一次次在黎明之前的夜色里风干……

　　而如今，当所有的思念都燃烧成灰烬，我却深知这无关谁的辜负。只怪那时我们太年轻，我们都是清冷孤傲的孩子，并未预知在真情面前，所有的倔强都是一把锋利的军刀。

　　当回忆走到尽头，我坐上返程的列车，在婆娑的泪眼里无声地与你的城市告别。

　　人生总有太多的路不能回首，离开你后，我不曾回头；而如今离开你的城市后，我亦永生不会再来。你我前世的缘分，不过是五百年前的一次回眸擦肩，那么今生，注定我只能路过你的城市。

第七章

君自故乡来

　　春日的一个下午，和友人晒太阳闲聊。头顶的白玉兰大朵大朵地开着，有闪着金属质感的光线在斑驳的树荫里跳舞，春光显得慵懒而又生动。无意中聊到词汇，不知谁先起头，玩起了文字游戏。游戏规则是：看谁能又快又准确地说出一个词汇，能让陌生人在瞬间感觉温暖，迅速放下心灵戒备，从而拉近两人之间的距离。

　　这着实是一个有趣的话题，大家七嘴八舌地议论着。

　　有人说是爱，有人说是母亲，也有人说是朋友，还有人说是孩子……

　　虽然答案一出，乍看貌似是那么回事，可很快又都被大家推翻了。因为这些表面符合条件的词汇，在仔细推敲下，又都欠缺了那么一点，无法真正让人在心灵上产生共鸣。

认真解读这些词汇，独立存在时，每一个的确都有翩然而至的美好和温暖；但在细细品味下，它们代表的只是自己的感受，无法迅速地与另外一个个体建立内在的关联，从而真正产生共振的感同身受。

那么，如果是老乡呢？我突然问道。

众人一怔，随即陷入久久的沉思，而后展开热烈的讨论，最后一致通过。

若说这世间真有那么一个词，能让原本两个陌生的人，顷刻之间便缩短距离的话，那一定是老乡了。

俗话说：老乡见老乡，两眼泪汪汪。在古代，信息和交通都很闭塞，游学谋生，流落他乡而孤寂飘零时，偶然遇到熟知乡情人事的老乡，便是心底一份最大的安慰了。虽然到了今天，聆听乡音不过是一个电话；"马上相逢无纸笔，凭君传语报平安"的时代一去不返；从异乡到故乡，也不过腾云驾雾弹指一挥间，但是那些剪不断的乡愁，以及对故乡人事顷刻生出来的亲近感，和古代并无二致。那是流淌在每个游子心中的血，早已与他们骨肉相连了，是一生都无法割舍的牵挂和惆怅。

细数尘世种种，只有故乡，也唯有故乡才能那么轻易地牵动每个人心底那最纤细，最敏感的神经，使人瞬间卸下所有的伪装和防护，顷刻变得柔软而温暖起来。

君自故乡来，应知故乡事。

乡音、民俗、地标、美食，更或者只是一个共同认识的人，只需要三言两语，原本还是天南地北的两个人，马上便因脑海里那些曾经熟悉的场景，而变得不再拘谨，无形中便衍生出一种似曾相识的亲近。

还记得十一岁的冬天，父亲出了车祸，我独自一人揣着两千块钱送到 80 公里之外的县城救治父亲。

那一年，我经历着人生很多的第一次……

第一次独自徒步 15 公里走到镇上，第一次一个人远行，第一次带着那么多的钱，第一次坐上镇上开往县城的班车……

怕钱丢了，也怕路上遇到坏人，临行前我在里衫打了一个补丁做成口袋，把那些钱装进去，再用针线密密地缝住袋口。那可是父亲的救命钱啊，容不得半点闪失。

山区本就人烟稀少，几里地见不到一个人也是常有的事情。至今我还清楚地记得，一路上我是怎样地害怕，怎样地忐忑不安和紧张……

那天，天气阴冷萧瑟，寒风呼呼地刮着，四野里不停有乱飞乱撞的乌鸦，站在灰褐冷寂的核桃树上，声嘶力竭地极力呱呱着。那时我恨极了那些乌鸦，觉得它们怎么那么讨厌，在地上捡起小石子砸它们。直到现在我也不喜欢乌鸦，因为在我家乡，乌鸦代表不祥和灾难。

那时我多么希望，能在路上碰到一个认识的人，哪怕是我平日里最讨厌的人也行。

后来真碰到了。

隐隐看到前面有个人影，仔细辨认是我们村里的一个女疯子（精神病患者）。那是我们小孩特别害怕和讨厌的一个人，她神志不清时，总喜欢又哭又笑地追着孩子们叫宝宝，追上后便抱着不放，亲一会儿，哭一会儿，再笑一会儿。因此，村里所有的孩子只要见了她，都会躲得远远地。

据大人说，她年轻时孩子死了，后来就疯了。

在看到疯女人的那一刻，我心里反而踏实了不少，就那样一路远远地跟着她，虽然也紧张害怕，但却不孤单了。好不容易到了镇上坐上班车，车里没有一个认识的人，我又开始紧张。汽车在山路上不停地颠簸，感觉自己的心都要跳出来了，汗一串串往下淌。等到了车站，前来接站的母亲诧异地看着我额头上湿漉漉的头发，不解地问我怎么了。我看人多，不好意思跟母亲说我害怕，只是轻轻地拍着衣服对母亲说，都在这里呢！

母亲静静地点了点头。

到了医院病房，我解开外衣，母亲看了一眼我缝着的口袋，找来剪刀一下下挑开那些密密缝着的线，取出钱后去交费了。等母亲回来，我坐在那里瑟瑟发抖，母亲这才顾得上管我，伸手在我衣服里面一摸，竟然都湿透了。母亲轻轻拨了拨我额前凌乱的头发，疼惜地摸摸我的额头，抿着嘴不再说话。

感触着母亲的柔情，想着一路上的经历，我突然鼻子一酸，揉着眼睛对母亲说，"妈，这一路我好害怕呀！"母亲安慰地拍了拍我的肩膀说，"现在都没事了。"自己的泪瞬间就淌了下来，我的泪也跟着扑簌簌地往下掉。

转过身时，看到父亲满脸伤痕地凝视着我们，我勉强挤出一个笑容，久久地凝视着病床上被纱布缠得像蚕茧一样的父亲，心想我长大了一定不要嫁得太远，最好就在本地，离家越近越好，这样就不害怕一个人走远路了。

而后，生活一直兜兜转转，一切的一切，命运中似乎早有安排。青春年少时的闪电一念，不过是一个飘忽的梦。面对五味杂陈的生活，我们总习惯了朝前看，很多时候我们更像迁徙的候鸟，一路追逐着那些花红柳绿的景致匆忙奔走。

哪里有了适合生存的土壤，便会在那里生根发芽，我们就是离开了母亲怀抱的蒲公英。日复一日，很多鲜活的记忆都模糊了，但那片曾经生养我们的土地，一定是过尽千帆之后的魂牵梦萦。

总在不知不觉中，走着走着就把故乡变成了异乡，而在不经意间，异乡却成了我们无法融入心灵的故乡。不知道此生的我，还会跋涉多少山水；更无法知晓命运的旋涡又会把我卷向何方，但无论跨越多少山河岁月，最不能忘的，一定是生我养我的故乡。

一定是那个山青水秀、鸟语花香、四季分明、山围着水长，水绕着山转的小山村。

第八章

陪你走天涯

在我的笔记本里一直夹着一张照片，照片上冷峻刚毅的你，带着一副墨镜，玉树临风般地站在红色的天涯巨石旁边。虽然隔着墨镜我无法看清你的表情，也没能领会你当初寄我这张照片时的寓意，但隔了一段时光的距离之后，此生，你永远只能是我的千里之外，是我不能抵达的天涯。

直到今天，看到天涯这两个字时仍感觉不安，总觉得那就是一只挂在山巅的风筝，一直在风中扑棱棱地飘着，落不到地上但也飞不起来；也像是秦岭山区山路上那些悬在山崖上摇摇欲坠的巨石，莫名地便让人生出隐隐的担忧。

不过小时候，我却很喜欢天涯。

那时我生活在农村，父亲常年不在家。想父亲时，我便会拿着父亲的照片问母亲，父亲在哪里呀？

每当这时，做小学教师的母亲，总会温柔地把我抱到她腿上，一边陪我翻着父亲的黑白照片，一边轻声细语地给我讲着外面的世界。

等看完了照片，母亲合上相册时，常常会望着远方自言自语地说："不知此时，你父亲在天涯的哪一处飘着呢！"母亲的眼里，有幽深的暮色，然后伴着长长的叹息。

那时母亲的话我不大懂，不过心想：能飘着的天涯，一定是个很好玩的地方。父亲每次从母亲所谓的天涯回来，总能带给我们异常的惊喜，比如说漂亮的新衣服，会跳舞的小人音乐盒，能飞上天的鞭炮……

那时便觉得：天涯真好呀！一次我仰着脸问父亲：走天涯一定是件非常快乐，非常浪漫的事情吧？

天涯，快乐？父亲愣了愣，随即明白肯定是母亲讲的，便抿嘴笑了笑，轻轻摸着我的头说："你快点长高吧，等你长高了，我便带你走天涯。那个时候，你就会明白在天涯是一种什么感觉了。"

没过多久，父亲便又走了。

我是那样盼望自己长高，因为长高了就能去父亲所说的天涯看看。院子里有棵梨树，我便站在树下，在到我身高的位置刻了一个印子，用来每天测量我的身高。梨花开了，又谢了，直到青涩的小梨已经成熟为我们口中咀嚼的香甜了，我发现自己竟然一点都没长高。很快到了年底，当父亲从远方回来的时候，我沮丧地看着小树上刻下的印子，竟然对父亲的礼物失了兴趣。

父亲看出我的失落，把我揽在怀里，痛爱而怜惜地对我说："真是个傻丫头，你长树也长啊！人怎么能长得过树？再说长大是一个漫长的过程，你这么喜欢外面的世界，我给你讲讲我今年的见闻吧！"

那一年，父亲便在天涯海角谋生。那时我才知道，原来这世上真有一个叫天涯的地方。在父亲生动的描述下，我知道天涯海角的阳光烈焰似火，那里的海水碧蓝如洗，美得极像我们家乡的天空，于蔚蓝澄澈的明净里，却又有着飘缈而遥远的不真实感，像是一个美丽的童话。

以至于后来想念父亲时，我便常常望着天空发呆，常常托着腮帮坐在窗前，任由思绪在十万八千里的天涯之外穿行。自此天涯在我心中，不止是遥远的代名词，而且还是思念的代名词。

你看天空是蓝色的，海水是蓝色，父亲眼中的海角天涯也是蓝色的，那么我的思念也是蓝色的吧！后来我便喜欢蓝色，爱穿蓝色的衣裙，那是我衣橱里永远也不能缺少的一种颜色。

到我八岁的时候，村里仍然没有通电，消息依然很闭塞，但是却出现了流动的放映员。家境富裕的村民，会在过年的夜里包演通宵录像。而那录像会从初一一直放到十五。放映员的一台拖拉机，便拉齐了他所有的家当，像发电机、银幕、录像带等。

为了方便全村人观看，放映的地点通常会选在主家的院落里。每当夜幕降临的时候，人们会带上自己的小板凳，像潮水一样从四面八方提着火盆赶来。而往往来的人越多，主家越有颜面，也不用主家招呼，前来观看录像的人会自顾自寻了合适的位置，一家老小围坐在一起，一盆炭火就着放映的故事，一看就是一个通宵。

很多剧情我都忘了，倒是很多录像的名字至今还记得：像《射雕英雄传》《铁血大旗门》《笑傲江湖》《小李飞刀》《边城浪子》等等，是千篇一律的武侠剧。在我的印象里，那些男主人公多数都是仗剑走天涯的侠客义士；而女性好像一生最宏大的主题，就是为了某个心爱的男子而活。她们活得洒脱而任性，总是敢作敢当，说走就走。一生最大的理想，就是跟着自己心爱的男人浪迹天涯，至死不渝。

小孩子的天性总是贪玩，往往录像没看多大一会儿便倦乏了，便寻了同龄的孩子做游戏。我们常常在黢黑而空旷的夜里，模仿着录像里的角色，做浪迹天涯的侠士。至今我的手上还留有童年时削木剑留下的一个疤痕，那是这一生永远的回忆。现在再回忆那时的情景，所有的人都忘了，只记得那时的夜空那样深，漫天的星光那么亮，像极了我们在夜色下寻找快乐的眼睛……

也许是深受武侠剧的影响，以至于多年后甚至现在，我的性格里都有侠义而果敢的成分。后来到了谈恋爱的年纪，有一天，你突然问我，"你愿意陪我走天涯吗？"

当我把一双潮湿的手，忐忑地放入你的手心时，我以为陪你到天涯就是我永远的归宿。可生活毕竟不是戏剧，当你一次次用你的冰冷把我伤得遍体鳞伤，当你一次次言而无信地不顾我的感受时，我终于抽回了那双交给你的手。从此，天涯不过是你我此生不再相见的称谓。

其实天涯并不遥远，遥远的只是人心。都说现在的女子现实，我不否认有一部分女子是属于物质的。但更多女子想要的，只是一份被人宠爱，被人呵护的安全感罢了。如果你能在每一个她们茫然无助的时刻里出现，那么她们也一样有勇气陪你浪迹天涯。

也许每个女子这一生中，都会遇到一个自己愿意放下一切而随之奔走的男子，只是又有多少人能够幸运地陪你走天涯，变成一生的幸福和现实呢？

卢思浩说："愿有人陪你颠沛流离"，我想只要你愿意真心相待，这世界也一定会有那么一个人，对你不离不弃。

PART2

——

深爱
·白首
不相离

第一章

为你守着心中的那座院落

对于庭院的喜爱，源于中国古诗词的意境。庭院在我心中有一种缠绵悱恻的意蕴和美，是一个极具内涵而充满魅惑的词汇。

如果用不同的女子来比喻，形形色色的庭院带给人不同的感触，它不止有大家闺秀的端庄娴雅，还有小家碧玉的清俗雅致。

北方的院落就是一位沉稳大方的名门闺秀，她一出场必然是落落大方的沉静端丽，无形中便以气势夺人，那是北方人性格里的端庄、大气、豪迈、开阔、爽朗。一眼便看到生命的真气，恼了怒了都在面上，是喜怒分明的真性情。

而南方的庭院，则更像是一个颇有韵味的南方女子。她们不止清新明丽，妙曼多姿，典雅幽深，更重要的是妖娆风情。那些悠远缠绵的感觉，是戴望舒笔下结着幽怨的丁香，也是徐志摩笔下水莲花的娇羞，更或者是琴棋书画样样精通的秦淮八艳。她在你面前，就是一位百变女郎，一个让你猜不透看不穿的谜，是回眸浅笑的明媚生动，也是欲语还休的娇柔内敛，所以禁不住令人心神摇曳。

小时候，住在陕南乡村，山里的夜常常空寂而漫长。闲来无事时，母亲便在月色皎洁的夜晚教我们背古诗词。

当背到"梨花院落溶溶月"时，我便指着门前簌簌飘落的梨花问母亲：这是写我们的家吗？

母亲看看枝影婆娑的梨树，再看看月华如练的天空，笑着夸我联想丰富。

"不过，我们的家还不能算真正的院子；真正的院子有院门，有四面高高砌起的围墙，最好还有曲径通幽的回廊，就像我曾去过的沈园"。过了好一会儿，母亲望着遥远的夜空若有所思地说。

自那以后，无数个朗月当空的夜晚，母亲口中有关沈园的一切，便成为我思绪里最妙曼的遐想。陆游、唐婉、凤头钗、断云石，挂满木牌的许愿长廊，曲径通幽的古老园林、水榭……

少年时分，连梦都稚嫩得可爱。那时便想，我长大了，也一定要拥有这样一座院子。虽然那时我家也是门前栽花，屋后种菜，可母亲固执地觉得那不是院落。因为不止没有围墙和门，更没有九曲回廊和诗情画意的景致。走出家门，不到一百米处便是一条清澈见底的小溪；抬起头来，举目便能望见峰峦叠翠的青山。因此，总幻想着有一天，父亲能为我们建起一座小小的院落。那时，我一定要在院子里搭一架秋千，最好还能种一株紫藤，栽一棵葫芦……

后来，在青春葱茏的年月，闲暇之时读欧阳修的"庭院深深深几许"时，还曾为那阕词配了一幅简笔画。在一座重门紧闭，被青青杨柳环绕的院落里，有一眼望不到头的楼阁数重；而在最高的楼宇之间，有一个云鬓高盘的夫人扶着栏杆向远方眺望；在楼下两棵柳树之间，立着一架随风飘荡的秋千；在千万条依依垂落的柳枝之间，一些随风起舞的花瓣，在风中纷纷扬扬地飘着。在画的底部，我写了这么四句话：美人如花隔云端，高楼望断暮春寒。总是无计留春住，泪眼问花百花残。如今那画虽早已泛黄，笔迹也潦草凌乱，但仍被母亲细心收藏在写字台的玻璃夹板之下，母亲说那是我成长的印记，理应保留。

多年后，当我走进徽州，走在那天青色的烟雨里，穿行在被高高耸起的马头墙压抑得充满阴气的古老徽州庭院里，我想到了我的画作，想到了古代那些望断高楼的女子，内心充满了悲凉的酸楚。

那些生活在这古老庭院里的女子，曾经都是隔着云端的花。只是后来，在此去经年的寂寂流年面前，她们都成了泛着苍绿的铜，也像是院落天井旁的黛绿青苔，用一生的寂寥和生冷，陪着这曾经令人望而生畏的大宅一起老去。这宅院的光泽，也是她们的光泽，是她们的泪，更是她们的怨，是她们一生的坚守和包容。

曾几何时，她们也做过那个绵长而生香的梦，又或者不是梦……

在那灼灼其华，娉婷妖娆的大好时光，在那绝艳倾城，十里红妆的相迎下，她们被喧天的锣鼓声和豪华璀璨的花轿，吹吹打打，欢欢喜喜地抬进了曾经让她们充满渴望的、幽深而偌大的院落里。

她们幸福地憧憬着：落落与君好，但愿人长久。

可在短暂的欢颜背后，更漫长的是等待。人间几度风月后，那心爱的男子便远走经商了。她们只能带着无尽的祝福和期盼，等着他能光耀门楣，等着白花花的银子流进来，这就是古代徽州女子的命运。

可一盼一年，一等一生。

多少个空寂得像死水一样的日子啊，多少个东窗未白孤灯灭的夜晚，她们一遍遍数着夜色流动的声音。

那更声，雨打芭蕉声，甚至是巷子里的犬吠声，一听，便声声到天明了。那些寂寞和思念，就似日日夜夜啃噬她们的虫子。

也许几年，十几年，甚至是几十年过去了，她们终于等到他衣锦还乡。但也一样等到了一顶顶抬进来的花轿，一个个如花似玉的女人，等到了祖上开枝散叶的遗训，等到了"寂寞空庭春欲晚"的忧伤和惆怅。

而她不过是他时光坐标上的一点老绿，她得大度、谦和，还得一生一世地为他守护着这古老的庭院。在那无数个伤春悲秋的日子，她们可曾一遍遍地弹奏着那首唱者伤心、闻者落泪的《庭院深深深几许》吗？

这乍看起来清新明丽，典雅精致的粉墙黛瓦下；这高高耸起，威严庄重的马头墙下；这气势恢宏，规模庞大的深深庭院里，又压抑了多少鲜艳明媚女子的一生？可是在那样的时代下，没有哪个女子能挣脱那庭院的束缚，那就是她们的宿命。

琼瑶在小说《庭院深深》里，所描述的章含烟和柏霈文之间曲折离奇的爱情故事，就是这深深庭院里那些女子的翻版。所幸在琼瑶的故事里，虽然经历了千回百转，主人公当初的爱并未走远，最终有了一个让人暖心的结局，少了一份徽州宅院的苍凉。

我成年之后便生活在城里，整日困居于钢筋水泥的现代楼房，偶得闲暇去庭院式的酒店吃饭，当雅致古朴的美终于融入朴素的日常生活时，真是恍若千年一梦。

在网上看到杨丽萍在洱海的院子，精致得简直像仙界，那样的院落，终是很多人一生都无法成真的梦寐。

一朋友在终南山脚下有处院落，看她在网上传来的照片：古朴雅致的房间里，有中国元素的吊灯，房间里的青花瓷盆中，栽有她在山间挖掘的野兰草，像书法里的楷书，一副俊逸疏朗的样子，看了令人甚是欢喜。朋友也曾数次相邀前去小居，可惜总是因诸多俗事缠身，一直未能前行，便思量着等我老了，也要建一座自己的院子来栖身。

我想要的院子，无须有南方院落的雅致，只是自己兴致所至的一点承载就好，哪怕只是一个篱笆小院，亦是我甘之若饴的向往。

再奢侈一点的幻想，倒是希望院门后种几丛潇湘竹，竹下林间可放青石做的桌椅，闲了喝茶、聊天、下棋；哪怕是慵懒地晒着太阳，都是一份绝美的享受。最好还有一面虚墙，虚墙上穿一个月亮门洞，铺满了爬山虎，更像是一架绿色的天然屏风，巧妙地隔开竹林和后院的空间，而后院除了够日常的饮食起居之外，还可养花种菜。

春天院前有梨花、白玉兰、樱花。春风拂过，片片落英如雪，有一种雅致的诗意和落英缤纷的浪漫。如果坐在院子里喝茶的话，连茶都有了飘逸的味道。而夏天的时候，在院子里种几丛薄荷，再在大水缸里养几株荷花，就算骄阳似火，整个小院也会氤氲着清凉的幽香。到了秋天，那一树丹桂开得像夜幕下千家万户闪烁的灯火，摘了放在衣服里，就是最自然的熏香；而屋后必须还得有一棵柿子树。在柿红如霞的秋天，那一个个红得像水晶一样透亮的柿子，就是一盏盏挂在树梢的小灯笼，也是充盈于生活里的妙曼喜悦。冬天便什么也不做了，任凭皑皑的白雪簌簌地飞着，一卷古诗词在手，那日子也便是一首生动的唐诗，亦或是一阙生动的宋词。

你看，这一切，竟然那么美，美得不像在人间了！

雪小婵说：中国人习惯了在自己心中建一座院落，而且会上锁，不轻易对外人打开。其实很多时候，人都是矛盾的个体，既害怕别人走近，却又渴望被了解。要不然，怎么每个人都在感叹知音难求呢？

如果我的心底也有这样一座小小的院落，我倒希望有人能走进来，打开它，并一眼看穿我的心事。那时我会感叹，你看，知音呀！

两个相爱的人心间，也有一座小小的院落吧！

走进了这座院子，别人的世界再与你无关，眼里心里，全都是院落里的人。你了解最真的他，他亦了解最真的你，彼此的世界便真的是一览无余了。如此，再也不用把那个最真的自己，藏在蜗牛一样的躯壳里，只在夜深人静的时候才敢爬出来，多累啊！

不戴面具的日子，多美多轻松啊！黄昏的时候，女人在落花的庭院里看书，男人安静地弹着吉他。男人说饿了，女人会莞尔一笑，起身去择一把青菜，然后煮一碗清汤面端到他面前，根本无须太多的话语。

红尘滚滚，别让太多的尘念挑染了那份朴素的纯真，就这样为心爱的人守着内心深处的那座院落吧！哪怕朴素，哪怕狭小，但只要干净，只要真诚，就一定是这世间最美的风景。

第二章

在岁月的深处修篱种菊

每个人的岁月，原本都是一口幽深的枯井，若站在井口朝下看，在看不到井底之前，我们永远只能是雾里看花，永远无法预知井底到底藏有什么稀世珍宝，这口井到底深度几何？

就像无法预知日后的宠辱祸福一样。如若把生命初始比作在井底，那些匆匆悄然流逝的日子，就是井壁上汩汩往外渗的水。日子马不停蹄地向前奔走，水一寸寸漫上来，我们只能顺应环境沿着井壁努力向上攀援，否则水越深就越被动，最后便只能被漫上来的水淹没，终落得窒息而亡的下场。

尽管这只是比喻，尽管时光之水远比不断上涨的井水温柔，也并不能使你即刻丧命，但那样苟延残喘地活着，活着一天便痛苦一天。不能活出一个人的真气和生机，活着比死了更受罪。

人生从出世开始，就是东升西落的太阳，终归是做减法的。若不顺应时光的规律，奋力向前拼搏，那么在飞速前进的时光面前，你就在倒退。唰唰唰，一天过去了；哗啦啦，一个月没了；只是一个打盹的工夫，一年又接近了尾声。那些一生能取得巨大成就的人，不过是学会了和自己有限的时间赛跑，学会了接受岁月的磨炼，学会了为自己的人生修篱种菊。

在岁月的深处修篱种菊，眼见修的是篱种的是菊，实际上种的是你的梦想，修的是你自己的心声和人生，别人永远无法偷天换日。

陶渊明酷爱菊，又向往山水田园之乐，于是他便隐居在南山之下，开荒南野际，种菊在篱边。他种的是菊、是豆，但修的却是自己一颗简洁朴素的心。日夜与清风明月相伴，与花草树木为邻，与自然田园相守，他的诗里便是清新散淡的草木香，复得返自然的农家淳朴之乐。

每一粒粮食都浸透着劳作者的汗水，烈日当空，汗流浃背，晨起理荒秽，带月荷锄归的粗重农务劳作固然辛苦，但却一样磨炼了他的意志和心性，对他来说就是甘之若饴的磨炼和锻造。

一花一禾，一粥一饭，一山一水，皆是他的修行。

正是这孜孜不倦的追求，他不止把自己修在晋代的原野阡陌上，也把自己修在了晋代文人的心中，更修在了中国古代文学史熠熠生辉的典籍里，修在了现代人为之赞叹的精神文明之中。

他说久在樊笼里，复得返自然，他的一生都在与天地自然同修，与自己的人生理想同修。

　　我们的生活也是修行，然而不仅仅是生活，还有婚姻、事业、爱情。

　　尤其是婚姻，一定要与爱人同修同进，否则走着走着，不是少了你，便是丢了他。这世间太多破碎的婚姻和失败的恋情，就是彼此不能同步。古时候的婚姻讲究媒妁之言，讲究门当户对，在那样的男权时代，自然造成很多女性一生的孤苦和悲剧。而现代人在考虑婚姻的时候，往往掺杂了太多感情以外的条件和因素，婚姻更多的时候已演变成一种价值交换，所以离婚率很高。

　　其实，婚姻最应该讲究的是精神层面的共同高度。只有在精神层面彼此站在最接近的高度，才能一生白头偕老。否则，连他的话你都听不懂，谈何理解和交流？人生来都是怕孤独的，每一个声音都需要表白，每一颗心灵都需要倾诉，每一个人都希望被人理解。

　　懂得，是心与心之间最好的桥梁。他不吃辣，但你爱吃，怎么办呢？可以炒一碟青辣椒自己吃，而不是餐桌上的每一道菜里，都放上让他吃了胃里能冒出火的辣椒来。

　　这就够了，没有什么比生活日常里细腻的体贴，更让人觉得暖心了。

　　看过一个婚恋调解栏目：一个事业有成的丈夫，坚决要跟自己的结发妻子离婚。怎奈女方死活不同意，闹了一年多，婚也没离成，但女的不知怎的非要上节目进行调节。不知她用了什么方法，难得丈夫很配合地上了调解现场。

　　在调解当天，丈夫西装革履，容光焕发，谈吐温文尔雅，一看就是一个教养很好的男人。

妻子披头散发，身材臃肿，言语之间不止傲慢无礼，甚至有了泼妇骂街的味道。

整个调解过程她一直在哭天抢地地指责男人的负心，不停地给人哭诉，她当年是如何放弃自己，怎样殚精竭力地与他同甘共苦。而如今他飞黄腾达了，她人老珠黄了，她被弃之如履。

而男的起初好像真是做错事的样子，前半程一直沉默寡言，等到女人终于说无可说的时候，男人请求用幻灯片打出几组照片。

当看完了那些照片之后，大家都开始陷入了深深的沉思。

五年前，男人事业蒸蒸日上，特别高兴的男人想给妻子买漂亮时装，可妻子早已身材臃肿变形。于是，男人给妻子办了美容卡、健身卡。而妻子整日沉浸在麻将娱乐当中，那些年卡记录上几乎就是空白，屈指可数地使用过的几次，也是在丈夫的监督之下完成的。

四年前，男人发现跟妻子无法交流，给妻子买了提高女性修养的书籍，可那书至今都没拆封。

三年前，男人说自己应酬多，陪妻子的时间少，给妻子报了茶艺插花学习班，想让妻子过得充实一点，而妻子觉得那是丈夫看不起现在的自己，自己非要闹着去把班退了。

两年前，男人事业出现危机，整日焦头烂额地四处奔走，而妻子则忙着查丈夫的通话记录，忙着查丈夫的行踪。总觉着丈夫行踪飘忽，好像有不可告人的秘密，丈夫怎么解释都不听，还动不动突然"杀到"

丈夫公司查岗。

有一次，丈夫正巧跟一个漂亮女下属凑在一起商量企划方案的细节。结果妻子进来二话不说，直接甩了女下属一个耳光，闹得公司里满城风雨。那位女下属当天就辞了职，临走前对女人说：虽然我跟我们老板很清白，可是你，我很负责任地告诉你，你真的配不上他。

一年前，丈夫事业出现了转机，丈夫做的第一件事情就是提出跟女人离婚。

在调解的结尾，丈夫对女人深深鞠了一躬，声音哽咽地说：感谢你那么多年跟我同甘共苦，我能有今日，你自然功不可没。可是如今，当你一次次选择放弃自己，而不是跟我同步的时候，我真的没办法把对你的感激变成一辈子的相守。包括我的公司，我都可以全部给你，可是请你：还我自由。

说完男人坚决地转身，头也不回地退了场，一直骄横跋扈的女人，突然放声痛哭起来。

原本大家以为，这又是一个现代版的陈世美，只是到了最后，所有人都发出长长的叹息。

女人也许终于意识到自己错了，可是一切，都太迟了！

很多年以后，主持人那抑扬顿挫的声音还在我的脑海里回荡：如果真爱一个人，一定要记得与他一起修篱种菊。

时光在流走，四季在转换，没有人会原地不动，更没有谁会永远站在原地等你。如果你不愿与对方同修同进，你只能被遗弃。表面上看来是他人遗弃了你，实则是你自己太早放弃了自己，放弃了与光阴万物一起成长，放弃了拥有幸福生活的权利。

2011 年，最令世界瞩目的一件事，当属英国威廉王子和凯特王妃的婚礼。一个平民女子转眼成了王妃，一个充满童话色彩的故事。大家只看到灰姑娘最终嫁给了王子，很多人都会感叹灰姑娘的幸运，可是又有多少人会关注和思考：灰姑娘在成为王妃之前，又做过怎样的努力？

古人说，不积跬步，无以至千里。每一个星光灿烂的人，都不是生来就会发光。他们一定在你看不见的地方，一遍遍地打磨自己，一次次不遗余力地修炼着自己，然后才有了今天的光芒。不要总感叹别人幸运，这世间每个看似机缘巧合的幸运，其实都有其坚持不懈的努力和付出。

比如说竹子、莲花、玲珑剔透的玉器首饰、珍珠……哪一个不是经历了无数的挣扎、煎熬、打磨和修炼之后，才有了今天的璀璨夺目？也只有经过岁月的打磨，经过自己不断的雕琢和修炼，才能看见生命的厚重和傲骨。

它们令人赏心悦目的今天，也是自己前世种下的一朵菊花吗？

人说时间是最公平的，一年 365 天，不多你一分，也绝不少他一秒。但为何有的人把自己活成了绿树红花，而有的人只活成了身寂寂而心惶惶的枯木呢？我想，最主要的原因就是修炼不同吧！

既然注定都逃不过岁月的洗礼，何不顺应了光阴的召唤，也在这纷扰的红尘深处，给自己的心灵插上一道一生向着美好排列的篱笆，为自己种上一株暗香盈袖的菊花呢？

第三章

有你的地方就是故乡

有你的地方就是故乡，这是一句多么温馨而感人的情话啊！然而更是众多远嫁他乡的女子，最掷地有声的誓言。

一个女子远嫁，需要莫大的勇气和决心。

单不说回一趟娘家，千里迢迢跋山涉水的劳累奔袭，也不说远离家乡孤单寂寥的离群索居，只是十里不同俗的饮食习惯，便是一个不小的难题。可是，总有那许许多多的女子，为了能跟心爱的人长相厮守，便不惜千里远嫁他乡，不惜放弃自己数十年的生活和饮食习惯，去融入对方的生活，把对方的故乡当成自己的故乡。

只有深爱一个人才会对对方熟知的人事和经历，产生那种爱屋及乌的情愫，产生丰盈喜悦的欢喜，产生满腹柔情的接纳和融入。

真爱一个人，他的一切在你眼里都透着说不出、道不明的好。就算明知他有些地方不好，可是你仍然会说服自己去包容他。很多时候，也许只是跟他相近的一个举动，你便会任浮想联翩的思绪缠绕着自己。一提及，顷刻便心惊了，肉跳了，无法自控的悸动。想啊想，心情温润得能滴出水来；又像是一些细软蠕动的虫子，爬呀爬，爬得心都痒了。然后却不一定告诉他，你要他猜，或者希望他懂，当然最希望的还是他能懂你。

女友跟我说起那年独自去了他的故乡，只想悄然感受他的山河岁月，所以并未告诉他。

一个人在陌生的街道走着，街边的小店里放着刘德华的《独自去偷欢》。平常觉得俗气，可那一刻，她却异常欢喜。因为，那是她与那座小城的偷欢，是她与和他相关地标的偷欢。

三月的黄昏，漫无目的地漫步在那座生机盎然的小城，空气温润而潮湿，有一种清如婉扬的静美，缓缓在心中流淌着。尽管风里还有微薄的凉意，可是因为知道他在，所以并不觉得冷，也不觉得孤单。看着街边热气腾腾的小吃，凝视着来来往往悠然行走的人们，有并不年轻的女子在卖花……虽然那不过是最普通、最平凡的俗世烟火，但因为知道他在，便觉得异常生动。

尽管是第一次去那座城市，内心却并不慌乱，仿佛在前世，自己就曾去过那个地方。她就那样漫无目标地找着与自己家乡相关联的事物，用心观赏着街边的景物，那不知名的花、盆景、建筑、街灯，所有入目的一点一滴，都透着说不出的暖意和欢喜，仿佛这里就是她前世的家乡了。

那天，她走得累了，坐在路边的木质长椅上小憩。一抬头便看到高耸入云、惹眼得让人过目不忘的木棉，开得要疯了似的。

她紧握着我的手说，"你绝对不知道当时我内心的感受有多么震撼，让我慢慢讲给你听。"

那时我就觉得，那是燃烧在树上的团团烈火吧？也像我们北方每年临近春节时，挂在树梢上的红绸绢花。可我知道，那又不是绢花，那绝不是；就像我那时在那座小城一样，恍如梦中，但又绝不是梦。恍然有似曾相识的故乡味道，但也只是我心底柔情蜜意的一份期许。

那个下午，很多年再回首时，那个美得像梦一样的下午，还恍如昨日。

我一个人坐在那座貌似熟悉，实则陌生的小城，坐在日光逐渐暗淡下去的黄昏里，一直盯着那些红棉看，一点也不孤单，好像它们会说话似的。

你看，那肥硕丰腴的花朵，那绝艳倾城的殷红，开得那样壮烈，开得那样英武……像是要飞起来的火凤凰，多像我当初的一颗心啊！我又觉得，那也应该是很多人的心，也是所有爱情里的真心吧！那就是那些奋不顾身的当初，充满浓情蜜意的曾经和青春：它们燃烧着，招摇着，不管不顾着，拼命而放肆着……

我不禁在她的细腻描述里遐想着。

在这尘世间，又有多少人像那木棉一样？因为深爱，因为惊艳，因为一见倾心了，便好像不知羞似的，俏颜一红或是俊脸一张，到底还是一把便把那颗扑通扑通乱跳的心，像献宝似的掏了出来，一跃便将它们挂在了最显眼的地方。

别人都觉得难为情了，而在他们看来，那还不算显眼，还不够高。因为深爱，便要挂得越高越好，高了还想再高。因为低了总害怕别人看不见，对方看不见！远远地有人走过来，一眼便看见它们在风中飘摇着，招展着；可它们还要像知了一样，拼命地在心爱的人耳边叫呀叫："你知了不知了，知了不知了……"

可是爱情，从来都只是自己的事情，就像那时我在他的城市，却并不让他知道。知道了又如何？知道了他就能像我爱他一样的爱我吗？女友说完，我亦陷入了认同的沉思。

爱情从来不是等价交换，把有你的地方当成故乡，也只是一种深情厚意的表白。他懂，是你的幸福；他不懂，你还是爱着他。

参加过数场婚礼，最感动我的不是五星级酒店里豪华奢侈的浪漫，也不是复古式的梦回大唐，更不是西式教堂里的简洁庄重。

那是一场没有婚房，没有司仪，没有花车，没有任何仪式的婚礼。

那是我参加过的最简单、最朴素的婚礼，也是直到今天，最让我感动，最让我回味的婚礼。当然更是我迄今知晓，最为美满，最为幸福的婚姻了。

那是我一个要好朋友的婚礼。在一个普通的中餐厅举办婚宴，一共只有五桌，只请了男女方最主要的亲戚和双方的同事。

　　婚礼现场，是新娘、新郎的好友帮忙布置的。在酒店一侧靠墙的位置，留出一片空地，用一些粉红色的物饰简单地装扮了一下。不外乎是一些最普通的气球、拉花、纱幔的拼凑和粘贴。

　　结婚当天，新郎一身普通西服，尽管也英气逼人，但略显简单。

　　新娘并未穿婚纱，只是一件大红的旗袍，画了新娘妆，盘了头发。头上的插花还是我买的，三只玫瑰，两只百合和一把满天星，没有名贵的首饰，但却笑容温婉动人。

　　婚宴开始前，新郎、新娘手拉着手走到布置好的台子前，给大家深深鞠了三个躬。

　　然后新郎红着脸，颤抖着声音对新娘说："感谢你愿意嫁给我，感谢你背井离乡陪着我，虽然我现在一无所有，但是我会努力让你幸福，请大家做个见证并监督我。"

　　而新娘哽咽着说："我也感谢能够成为你的妻子，我相信你！我们一定会很幸福，有你的地方就是我的家乡。"

　　然后两人一起请大家吃好喝好，感谢大家拨冗出席，便开始敬酒。

　　台下掌声雷动。

　　我的泪，瞬间就落了下来。我深知她们这一路走来的不易和艰辛。男孩家境清贫，女方父母一直不愿意，曾为了女孩的这份感情要跟女孩断绝关系。可女孩说：就算你们不认我，我也要嫁给他。婚姻是我自己的，幸福不幸福我自己心里有数。

　　后来女孩便拖着一直不找对象，一晃女孩27岁了，父母见女孩年龄大了，最终也就妥协了。

　　参加完她的婚礼，我们彼此忙碌着各自的生活，见面逐渐少了，但偶尔的电话里，一直传来的都是她们生活不断变好的消息。

　　一年以后，他们迎来了自己的第一个孩子。又一年，他们通过贷款买了房。装修的时候，男的要赚钱养家，每个月还要还房贷，两家又都腾不出来人帮忙。女的便抱着一岁多的孩子天天跑建材市场。

　　晚上，男的再去施工现场看进度，监督质量。半年后，她们终于搬进了自己的新家。

　　有一天，我正巧路过他们家，便去看她，觉得她瘦得能被风刮倒了。我低着头，心里有种涩涩的难受；而她则一脸平静地哄着孩子，始终没有一句怨言。

　　转眼五年又过去了，男人不止买了车，还有了自己的公司。只是周末他从来不加班，他说周末的时间是属于家人的。

　　中间我们一度失去联系。

　　等到联络上时，她的第二个孩子已经降生了。我前去看她，她细细地跟我说起这几年自己打理一切的心酸经历。

　　我数次用纸巾拭擦着眼角，而她仿佛在讲别人的故事，还不停地安慰我，"你看，我现在不是很好吗？"

　　我泪眼迷蒙地笑着回应着："是的，一切都过去了，你很好，你们真的很好。"

　　她不好意思地低下头去，眼里有很多星星闪呀闪！我知道，那是生动而骄傲的幸福。

突然，孩子醒了，她把还不到一个月的孩子抱给我看，一脸幸福地说，"你看，我的二女儿，漂亮吧！"

我由衷地说，"很像你！真漂亮。"

她微笑着转身去给孩子冲奶粉了。

看着一脸温柔恬静的她，再想起那天她在婚礼上的话，只觉得心底波涛翻滚。她真正做到了她当初的承诺：有他的地方，就是她的故乡啊！

第四章

愿岁月静好，现世安稳

"岁月静好，现世安稳"这八个字，既是胡兰成写给张爱玲的，也当是他刹那对自己生活的追求和向往。在写的时候，也许正是他心潮暗涌的时候，也许曾有片刻的真情实感。可他的一生，于这个八个字来说，不配。

他不止辜负了这八个字，也一样辜负了张爱玲，辜负了他自己。

而张爱玲呢？尽管面对文字，她是冷静的，她的文字冷静洞悉到叫人惊叹。然而到底是女人，人说女人都经不起爱情的诱惑。她的高傲冷峻，她那不近俗世烟火的城防，刹那便被胡兰成攻破了。

你看，知音啊！岁月静好，现世安稳，多么蛊惑人的词，多么善解人意的愿，这不正是她所求的吗？

她以为她真能拥有和他的现世安稳，拥有她从骨子里深刻渴望的岁月静好，可到底还是奢求了。面对那个毫无常性的男人，安稳和静好这四个字都离她越来越远了。她也曾拼命挣扎过，可到头来仍是绝望。

最后她终于静了，寂静伶仃地孤独终老，寂静得与世隔绝，寂静到去世数天竟无人知晓。那些静，是带着孤独、痛苦和绝望，终也是不安稳的。所以岁月静好，现世安稳这八个字于她来说，太过高远和飘缈了。

很多人都喜欢三毛，除了喜欢她的文字，还喜欢她动荡不安的生活方式。然而我只喜欢她的文字，不喜欢那种居无定所的生活，总感觉那是她与自己的针锋相对，有一种尖锐而逼仄的凄楚，是一种永远无法调和的自伤。

许是童年时便看到父亲长年漂泊在外，母亲总是一副望眼欲穿的样子，对那些随风飘泊的生活便心有戚戚了。

多少个万籁俱寂的夜晚，我从睡梦中醒来，母亲床头的灯还亮着……

虽然在懵懂无知的年代，也曾对外面的世界充满了好奇，甚至幻想过去天涯流浪，但在我真正开始独立生活的时候，便渴望安稳。

记得第一份工作在寻呼台，租了离单位不过一站路的民宅安身。

那是一幢三层的小洋楼，我住在二楼靠楼梯的位置。之所以选择那里，是因为我喜欢那满墙枝繁叶茂的爬山虎，好像一帘绿色的梦，隐隐地氤氲着希望和阳光，葱郁得让人欢喜；其次还因为那房间有大大的玻璃窗，我喜欢大窗户，喜欢站在窗前看风景。我们陕南有一句俗语叫作：敞开窗户说亮话。窗户大了，人心里也敞亮，生活更会敞亮。

为了那个窗户，专门跑去文艺路扯了自己喜欢的白纱窗帘。路过一家饰品店时，看到里面有卖塑料蝴蝶的，挑了两只淡蓝色的，安好窗帘把它们别在上面。在许多微风轻拂的时刻，那两只蝴蝶便会翩然起舞，我的心也跟着在跳舞。二十多平米的房间里，也不外乎一桌、一床、一椅，一个简易衣柜和书柜，尽管房间极其简单，但我不觉得简陋。我的内心总是丰盈而充沛的，毕竟在这座陌生的城市，我有自己的安身之隅了。

工作之外的休息时间，我常常坐到楼梯口看书。太阳懒懒地晒着，爬山虎的鲜嫩枝叶调皮地翻过院墙，偶尔我会伸手摸摸它们，感觉娇嫩得像初生的婴儿。起风的时候，空气里会散发出爬山虎清澈宁静的芬芳。那时村子里有出租书的书吧，我起初看琼瑶的小说，一本接着一本，直到看完她的全部文集；偶尔也读读汪国真、席慕蓉等。等到读一些外国文学，像《复活》《傲慢与偏见》《乱世佳人》等，就开始觉得晦涩，但还是想读。

有一天看琼瑶的《一帘幽梦》时，突然生出许多惆怅来，便想到借酒消愁。尽管在家乡时，也曾品尝过家里自酿的甘蔗酒；可在我独立生活的时候，总觉得自己还小，一个女孩子不能饮酒，于是买了一罐可乐一边喝，一边看着白窗帘上舞动的蝴蝶发呆。

许是汽水在心中发酵了，恍惚间有了微晕的感觉，然后提笔给一个考上大学的男同学写信。不过并不是情书，只是羡慕他有了好的前程，是一种绝望而自卑的倾诉。从上小学开始，我便是一个骄傲而自强的女生，从未想过自己会与大学无缘。然而，那时我像一只折翅的蝴蝶，只能在跌跌撞撞的挣扎里忧伤而痛苦。

尽管后来那位男同学很快回了热情洋溢的信，但我没再写第二封。记得那天还写了一首小诗，标题是《我是一片紫色的云》：

我是一片紫色的云，在空中四处飘零，吸收了天阳的光韵，才变成了今天的紫云。

从白云脚下飘过，白云她说：你是我们云的精灵汇合，我羡慕你那紫红的光泽，要好好把握自我。

来到乌云老家做客，乌云她说，你只是一位匆匆过客，别再找什么自我。

我独自在心中琢磨，什么样的我，才是真正的我？什么样的生活才不会被遗落？什么地方才是我生存的角落？

不顾别人怎么说，云海里，我仍然执着，继续绽放着属于自己的光泽。

很多年后再读这样的诗歌，尽管字里行间都透着稚嫩的味道，但却是我最真实心声的表达，从那首诗里可以看出，当年我便很清楚自己要成为一个什么样的人。虽然现在看来此中有真意，只是当时真茫然。

那几年里，很多一起居住的同事搬走了，一些关系好的姐妹开始忙着恋爱。而我工作之外，仍是在那个小院里看书，或者晒着太阳发呆。我喜欢那里的静，喜欢那绿色的阳光气息，喜欢一推开院门，女房东眉开眼笑地说，你下班回来啦！感觉喜气而安稳，那真是一段静美生香的好时光。

后来换了新的工作，离上班的地方实在是太远了，才不得不搬了。

搬家的时候，书柜坏掉了，玻璃茶几碎了，有几本特别喜欢的书也丢了，为此，我遗憾了很长时间。

那次搬家后就住在大兴善寺旁边的新加坡村，每天经过大兴善的门口去上班，心中更多了一份静谧的祥和。

仍然喜静，选了一处古朴典雅的小院子，黑色的木门上有油光闪亮的黄铜门环，窗帘也由以前的白纱换成了布艺的，米白的底色上开着稀稀疏疏的浅黄色小雏菊。工作之余仍是读书，只是那时我开始自学一些经济学的课程，参加了成人教育自学考试。在很多疲惫得想放弃的日子，看一眼窗帘上的小雏菊，内心便又有了温暖而涌动的激情。

那也是一段不可多得的好时光，安静、从容、奋力、向阳、温暖。

后来成家，仍然喜欢安静。做自己喜欢的工作，与女儿更像是朋友，尽力承担着自己能承担的一切，读自己喜欢的书，接触性情相近的人……

转眼，我在这座古城已生活了快二十年。尽管生命里也曾遇到过一些烟火缭乱的迷茫和困顿，尽管也遭遇过这尘世的薄凉和伤害，但获得更多的还是一些绵密而朴素的温暖。我更愿意看见别人身上的好，哪怕是很微弱的一点星光，都是引导生命向善、向美的希望。

一日在公园散步，听到前面几个女子聊天说：下辈子要变美女，生得美丽动人，不努力也会幸福，也会有人宠。

我便停下脚步不再向前，看着她们渐渐远去的背影，我想起了那句有名的话：女人是因为可爱而美丽，不是因为美丽而可爱。至于幸福，只有内心有了笃定和祥和，才能产生更多的温暖和光芒。

人这一生，无论你怎么折腾，总有一种生活方式是属于自己的。只有做最真实、最舒服的自己，才是最幸福的生活。

就这样徜徉在花海深处，大朵大朵的白玉兰，高高地挂在头顶，她们更像是一只只正欲腾飞的鸽子。尽管很喜欢白玉兰，但如果让我选择的话，我绝对不做那凌空招摇的白玉兰，我只愿做脚下那坚韧而朴素的小草，尽管它们一点也不引人注意，但却让人心里莫名踏实。

太过飘摇的生活，不适合我。我只是一个慢热的女子，喜欢上了哪里，就会在哪里扎下根；然后再向着太阳慢慢生长，长出一片朝气蓬勃的绿荫，长成我自己喜欢的样子。

这就是我要的生活了吧！做自己想做的事，爱自己想爱的人，以自己喜欢的方式过一生，不求闻达于世，但求无愧我心。

如此一生静美，便是我要的安稳。

第五章

朴素简静的深情

朴素和简静在一起，更像是一幅水墨画，朴素是宣纸白，简静是墨的黑。亦或是一个着水墨青花旗袍的温润女子，款款而行地淹没在川流不息的人潮之间，那样朴素简静，一点也不张扬，像盛开在时光深处的一朵安静小花。她们不与四时争风景，然而，举手投足之间的从容、淡定、安静、简洁，都含了别具一格的意蕴和风情。

朴素的生活看似平常简单，但生活在这物欲纵横的时代，真正愿意把日子过得朴素，需要恬淡强大的内心、坚忍顽强的意志和甘愿与平凡为伍的心态。朴素的生活方式，虽然蕴含着幽兰一样的恬静美好，然而又比清新高雅的兰花，多了一抹烟火气息，更像是田野里随处可见的蒲公英，兀自沐浴着大自然的真气，随风摇曳，向阳而生。

年轻的时候，总觉得花团锦簇、姹紫嫣红的日子是金，只有闪闪发光的日子才叫生活。于是拼命地上蹿下跳，拼命地往人堆里扎，拼命地找存在感。每天花红柳绿地招展着，感觉越惊艳越好，越引人注目越高兴，衣饰越昂贵越有优越感。

直到有一天，看到人群里走过来一个白裙飘飘的女子，脂粉不施，却美得像一朵出尘的莲，瞬间心底所有的喧嚣都开始安静，那才是真美呀！于是慢慢回归朴素，穿古朴典雅的棉麻衣物，有时不过是街边上几十块钱淘来的一件衬衣，竟然也能穿出别样的惊喜。眼神里不再有桀骜不驯的野性，逐渐多了温婉和柔和，慢慢开始有了波澜不惊的从容和淡定，更像是一朵兀自在晚风中摇曳的旱莲，虽然朴素却也生香。

更喜欢黑与白了，那样简静到极致的色调，让人有一种莫名的心安。穿上它们，更像是与久别重逢的老朋友见面，一点也不疏离和陌生，更不必扭捏作态。迎面走来一个穿白衬衫，黑裙子的中年女子，尽管已经不年轻了，可包裹在那黑白分明服装底下的，一定是一颗简静朴素的心。

很多女子在年轻的时候，总渴望成熟，便仗着年轻装老成。什么黑呀，白呀，灰呀的，什么老气穿什么。而到了中年以后，害怕自己变老，害怕别人看见自己的苍白，便什么艳穿什么。年轻时不喜欢的大红、大紫、大绿，全扯到身上，仿佛一夜之间开满枝头的各色花儿，何来朴素简静之言？

也只有到了日暮苍山之时，还敢黑白分明地穿着，才是真的简静。

一天，偶遇一个两年未见的朋友。

还记得以前，那是多么讲究的一个人啊！每天妆容不精致绝对不会出门，穿衣服更是一丝不苟；什么鞋配什么包，那更是丝毫都不会马虎。那时的她，不只有影视明星的范儿，还有影视明星的大牌。尤其那脾气，简直暴躁得出奇，一言不合，原本还是喜笑颜开的场面，她能立马调头走人，只留下大家面面相觑、在风中凌乱的尴尬。

自然她的朋友很少，好在与我还算交好，当时大家都觉得，这样的女子，以后谁敢娶呀？

要不是亲眼所见，我绝对不相信，那么一个决绝而生硬的女子，竟然也会有柔情似水的一面，竟然也可以那样朴素简静。

那是夏天的一个中午，我外出办事回来，在马路边突然看到有个人像她。当时大吃一惊，想叫她却又不敢确定。

这还是她吗？

她正推着一辆小推车，里面是一个一岁左右的孩子，车把上挂着一袋各式各样的蔬菜。原来一头乌黑亮丽的长发不见了，取而代之的是齐肩短发，穿着一身休闲运动服，没有化妆，脸上有了淡淡的雀斑。

我不确定地叫着她的名字，她抬头看到是我，裂嘴笑了笑，眉眼里有久别重逢的欢喜。然后极力邀请我去她家坐坐，怕我不肯去她一直说，我家就在这附近，不远的。

盛情难却，我跟着去了。

随着她七拐八拐，走了二十分钟左右，谢天谢地总算到了。

不巧，刚到她家孩子就醒了，然后不停地哭闹。她腾出手给我倒了杯水后接着哄孩子，可不管她怎么哄，孩子还是哭。眼见半个小时过去了，孩子依然在哭；小家伙也真是倔强，哭得脸都紫了，却丝毫没有要放弃的意思。

她充满歉意地跟我说，出生时医生说这孩子有烦躁症。

本想起身告辞，如此又不好意思。我拍拍她的肩膀，示意她继续哄孩子，便又多待了一会儿。

孩子继续在闹，自始至终，她的脸上没有一丝的急躁和不悦。一直柔声细语地极力安慰着小家伙，那眼神温柔得能滴出水来，最后我实在待不下去了，便借口有事起身告辞。

她歉意地把我送到门口，并诚恳地邀请我下次再来。看着她充满渴望的眼神，我心里一动便答应了，她开心得像个孩子，眼睛亮晶晶的，脸上的雀斑也随着笑容在跳跃，那一刻我突然觉得：她比以前可爱了很多。

最后我们互相留了新的联络方式。

一路上我都在心底感叹，这样朴素娴静的女子，这哪是以前的她呀？曾经那样奢华跋扈的她，到底是讨人嫌的；而如今朴素得没了半点昔日的气场，这落到尘埃里的样子，反而更让人喜欢。

母爱竟这样伟大，让她彻底脱胎换骨了。

晚上我给她短信，我说：祝福你做了母亲，孩子有你这样的母亲，真的很幸福。

过了一会儿她回复：能成为她的母亲是我的福气，我会努力做一个称职的好母亲，让她的世界充满温暖和爱。以前的我不会与人相处，只是一种自卑式的伪装，现在的我很安静，也很幸福，谢谢你愿意来我家看看。

我的心底微微有些湿润，她终于找到了真正的自己。原来那些华丽张扬，不过是她心里的一根刺；而如今这清淡似水的日子，这朴素简静的居家日子，才是她内心深处的锦瑟华年，才是她最想要的山河岁月，才藏着她最淳朴，也最深厚的情义。

最深的情义，也一定是最朴素、最自然、最安静的表达。不过是想他时淡淡的一声问候，念他时一个电话里的家长里短，和他在一起时的体贴照顾、嘘寒问暖。所有爱情落到实处，都不过是生活里最朴素的日常，哪怕当初再惊心艳丽，离了生活的支撑，都是飘在半空中的云，时间久了也就倦了。

生活生活，没有烟火的气息，还叫什么生活？没有人不需要一日三餐，是人就要吃饱穿暖，再华丽的生活，也不过如此而已。

公公一生受人敬重，而婆婆一辈子默默无闻，不过是做得一手好饭菜，打理好家务，安排好家里的日常琐碎和家长里短罢了。

但逢年过节的时候，前来拜访的亲戚朋友，却无一例外都对婆婆敬重有加，赞美婆婆的贤良淑德。大家都说公公能有今日的成绩，离不开婆婆这个坚强的后盾和贤内助。

公公一生性格倔强要强，就算在外面遇到什么风浪，也总是一个人扛着，根本不在家里说，就算以后家人从别人口中知道了，也不过是云淡风轻的往事了。他的生活轨迹就是早晨出门忙工作，有事不回家吃饭了打个电话，晚上不回家了也只是一个电话。

而婆婆从来不抱怨，更不会一个电话接一个电话的调查行踪，只是极力照顾好家里的一切，让公公安心。

公公回到家里也并不多言，只是看看电视新闻，更多的时候在独自思考；而婆婆总会体贴地端茶倒水，伺候饮食，然后在一旁默默地做家务，两人之间也并无太多言语上的交流。

从来没见过公公对婆婆说过什么暖心的话，婆婆在公公面前也从没有什么细腻浪漫的表达，公公出门从来不带婆婆。我们开玩笑时都为婆婆叫屈，觉得公公与她没有感情，婆婆只是笑笑，你爸就是那性格。

那是婆婆准备到香港旅游的前一日，本来一切都收拾好了，只等着第二天启程。没想到公公晚上从外面回来的时候，不止给婆婆买了新的背包、钱包，还买了一套漂亮的首饰和衣服，一句话也没说，只是默默地放到婆婆面前便做他自己的事情了。我打开钱包，里面自然是厚厚的一叠钞票。婆婆也没说话，只是抿着嘴笑了一下，然后像个孩子，拿着衣服到试衣镜前眉笑颜开地穿戴起来。

而有一次公公不小心吃多了降压药，被送进医院洗胃，家属只能在外面等着。婆婆坐立不安，一边焦虑地来回踱着步子，一边抹着眼泪喃喃自语地搓着双手，那一刻的婆婆就是一个无助的孩子。

那样的担忧和焦虑，不是爱是什么？

人说大爱无言，静美无声。婆婆和公公的感情，像春天的雨一样，早已润物细无声地融入了最朴素的日常生活当中。虽然他们并没说过爱，却是一辈子的相濡以沫。日常生活里最朴素、最简静的一点一滴，都藏着他们不自知的深情。

　　谁说这一茶一饭、一点一滴、嘘寒问暖的默默关怀，不是最朴素简静的深情呢？

第六章

许你一城的烟花

你，放过烟花吗？

在寒风刺骨的季节，旷野无垠，没有星星。夜，像被墨泼过一样，是一团浓得化不开的黑，像是无法预知的黑洞，也像是即将死去的阴影。

它们就那样俯视着一切，也吞噬着一切。

你，笼罩在一片万籁俱静的安然里，周围是死水一般的沉寂。

突然，砰的一声巨响，一朵璀璨的烟花，像扔在天幕上的一个炸弹，夜色先是被炸开了一个洞，紧接着便像受到重力击打的玻璃，裂痕快速向四面蔓延着……

有人尖叫，快看呀，有人在放烟花喽，多美的烟花啊！

紧接着又是一声巨响，又一朵璀璨绚丽的烟花，在你的头顶炸开了。

先是如豆的微光一闪，紧接着天空出现了一朵迅速绽放的牡丹，只是那是一朵被水墨浸染了的牡丹。它们不断地变大，然后再向四周伸展、蔓延。开得那样急促，也开得那样迅猛，那是仙术变幻出来的吗，是牡丹花神吧？只见它们在无边的夜色里，逐渐地扩大，晕染……那一团团、一层层、一圈圈，又像是水平如镜的湖面上，突然荡起的涟漪，也像是城市里依次闪亮的街灯……

真美啊！那么灿烂，那么繁华，那么旖旎，那么惊艳。人们仰着头，惊叫着，欢呼着，感染着，雀跃着，幻想着，沉醉着……

只是，渐渐的它们越来越淡，淡到最后，只剩下一点曾经划过的痕迹。最后的最后，它们终于消失了，一切又归于平静。夜仍然是一团死水，好像原本那漆黑漆黑的夜，只是夜；好像那烟花的到来和绽放，只是一个恍然间的梦；好像曾经这里什么也没发生过。

当繁华落尽，只余下黯然伤神的夜空，仍在无边的黑暗里继续沉寂。所有的华彩和盛大，都不过是燃烧过后的冰冷和灰烬。

这就是烟花的一生，璀璨盛大，却又寂寞寒凉。

爱情，也像放烟花，明知道会寒凉，哪怕只是落寞后的灰烬，可是因为爱，便要勇敢地去绽放。如果自己都不绽放，哪来那些浪漫而唯美的时光呢？

好友打来电话，接通后并不说话，一直啜泣了好几分钟。

我心里一惊，以为她出了什么不好的事情。

问了半晌，不承想她突然破涕为笑，竟是喜极而泣。

她泣不成声地说：你知道吗，你知道吗？此刻我幸福得快要疯了，我抑制不住激动的心情给你电话。你是我最好的朋友，也只有你能分享我的喜悦。我终于等到他了，等到我想要的，等到我今生今世彻底认定的他了。

你知道吗？他向我求婚了。

我一愣，眼睛也跟着发酸，然后颤抖着向她祝福。

她为了那个他所吃的苦，所受的煎熬，我是一清二楚。因此，对她有了怜惜的心疼，这样疯了一般的去爱一个人，有几人能做到？

她遇见他时，便产生了迷恋的情愫。

那是一眼千年的悸动，顷刻之间便生出不管不顾的冲动，她觉得那就是她的前世今生呀！你看，那表面热情，实则寒凉疏离的眼神；那静默无言，却又洞悉明了一切的睿智；那渴望真诚，却又尽力拿冷漠和不在意来包裹隐藏自己的行为，哪一点不是她自己呢？

当时，所有的人都不看好他们。大家都叫他顽石，都觉得他是一块个性顽强倔强、性格冰冷生硬的石头。

石头哪来的心呢？大家都劝她，觉得她最后一定会被伤到，像她这么单纯善良的姑娘，嫩得跟雨后春笋一样，怎么可能弄得懂他的九曲十八弯？又怎么能得到他的一颗真心呢？

只有她坚定不移地说，你们不懂他，他是一块璞玉，只是暂时被尘垢遮住了光芒，他的慧眼一开，将是天底下最好的男人。

大家笑着摇头，都觉得她痴傻。

还有人说，没想到表面上这么聪明伶俐的一个女子，简直是个呆子。

你那么优秀美丽，何愁没人来爱呢？非要去爱那碰也不能碰的"邪恶"男子，他曾经有多少前尘往事，你数得过来吗？真当自己是救世主啊？

她不服，你们何苦这样说他？

他的世界你们了解过吗？在感情的世界里，谁能保证一遇到就是对的人，就是跟自己最终能走到一起的那个人？谁的一生能跟小葱拌豆腐一样，一清二白的？谁还没有一段荒唐而不堪回首的前尘往事？

她可真爱他呀！遇见他之后，她感觉全世界的花都开了，每一天的日子都那么鲜活，她觉得自己从来都没有这么快乐过。

爱到站在他身边时，感觉自己的整个身体都在颤抖；每次打他电话，都不知道他是否能及时接听，总担心自己会不会打扰到他，心里总充满了忐忑不安。

而他呢？起初总是忽冷忽热地游离着，很少在意她的感受。

当然在她泪眼迷蒙，凄风苦雨地想要放弃的时候，他也有应付式的解释，她便又觉得还是有希望的，然后全然忘了之前的伤痛，再鼓起勇气与他纠葛着。

不是她不懂，也不是她情商太低，那时她绝对清楚，自己就是一只一边在云端，另一边被人拽着的风筝，而她的那个他，就是拽着那风筝线的人。

曾经很多时候，她都是痛苦的，常常难过得流泪，也会心生抱怨，怨极了便找我诉苦。她觉得自己怎么那么悲惨，怎么可以这样去爱一个人，常常纠结于他爱与不爱，爱他值与不值的旋涡里。

直到有一天，她兴高采烈地告诉我，她要脱胎换骨了，她说她看到一段话：

最好的爱情，应该是你爱他时便尽力去爱，你只负责努力做好自己就行。不要去管他爱与不爱，会不会回应。他回应你，那是你们的爱情；他不回应，那是你自己的爱情。就像爆炸在夜空里的烟花一样，灿烂地绽开过，努力地盛放过便足以。所以不管爱与不爱，爱与被爱，都是一种至美的享受，都是无悔此生、无悔生命的过程。

她在电话里轻声地念给我听。我笑她，这种境界，有几人能够做到？

她不服气地跟我在电话里哼哼，没想到，她真的从此豁然开朗了。

从那以后，我再也没听到她的抱怨。每次见到她，都能从她身上感受到不一样的意蕴，只觉得这样的她，越来越让人喜欢，越来越明媚动人了。

她不断报告给我的，也是她与他之间感情逐步变好的消息。

她说变好的法宝就是她全心全意地付出，再也没有需要他拿爱来回报的心了。

每次与他相处时，她再也没有愁云惨淡的忧心忡忡了，脸上开始带着春光明媚的灿烂。她觉得自己，就是尽情绽放在爱河里的一朵花。因为懂得，所以慈悲，所以便有了生命的真气，便有了喜气洋洋的妥帖和安稳。

她愿意就这样像烟花一样的去爱着他，哪怕灿烂之后再落寞，她都甘之若饴。

对烟花绽放短暂的遗憾，就像有人惧怕爱情短得像烟花一样，只是美丽的一瞬间。

太过唯美的事情，总是让人眷恋；然而稍纵即逝的盛大，只是刹那芳华的昙花，虽然美得惊天动地，然而那种稍纵即逝的悲凉和落寞，却是一生都无法忘怀的酸涩和怀念，所以常常有人把美丽而短暂的爱情比作烟花，总觉得烟花更像曾经那唯美的爱情，总是那么悲凉。

只是，在爱情里，很多人不知道，自己都没有完美地绽放过，又怎知最终的结局如何呢？

就像她一样。

原本她以为此生，自己只是努力盛开在他生命里的烟花，开过短暂的一季就谢了。只是千回百转后，他却许了她一城的烟花。

第七章

白首不相离

白首不相离，虽然只是简简单单的五个字，可又曾有多少人一生梦寐求之？

很多时候，在追求幸福生活面前，我们都是努力在沙滩上找寻五彩贝壳的孩子。明知道希望渺茫，却总是不甘心，总是抱着无尽的幻想找呀找。也许，自己足够幸运呢？也许，不放弃下一秒就有奇迹呢？

你不自知，为何竟然那么爱他。

看见他，满世界的花都开了；看见他，前一刻还是愁云惨淡的脸，顷刻之间就变得艳若桃李了；看见他，你觉得自己可以变得很低很低。然后，你垫着脚尖爱他，心底溢满了幸福，你的世界因他而活色生香。爱上了他，就想一直黏着他，腻着他，想跟他在一起，一生一世，白头偕老。

哪怕，全世界的人都诋毁他，而你只看得见他的好。那些坏的，你心知肚明，但全可以忽略不计。要不，怎么会有人说：在真正的爱情里面，爱得更深的那个，一定是瞎子。

如若有幸，能够与自己相爱的人白首不相离，那该是多么美妙的体验？不止觉得快乐幸福，恐怕连睡觉的梦，都柔软香甜！

看电视连续剧《风中奇缘》，最打动我的并不是曲折复杂的剧情，而是当男女主人公内心的感情有了波澜，或者感情进展遭遇挫折时，反复出现的歌曲《白头吟》。

早些年也曾读过这首诗，那时因为太年轻，自然无法体会诗里的深情厚意。当我在这部电视剧里再次体会这首诗中的意境时，竟然无法自控的生出许多感伤来。

一个女子，要有多深情，多机智，才能写出这样的诗句来？

显然歌曲版的《白头吟》，更能引发共鸣。

那样如泣如诉，哀婉忧伤的曲调，听了便让人瞬间产生一种肝肠寸断的悲痛，仿佛自己就是那个遭遇不幸的女子，刹那心就被缠住了。禁不住在心底为那美好而不能圆满的爱情去忧伤，去惆怅。

无疑，这部电视剧的音乐制作是极其成功的。男女主人公之间那延绵不绝的深情厚谊，在那样空灵婉转而铿锵有力的嗓音里，得到了最大限度的升华。听着那歌曲，顷刻便让人如坠虚幻之境，我仿佛看到了写这首诗的女子，就是那个倾城绝色的大漠狼女莘月。当她与所爱之人不能琴瑟共鸣时，便在无尽的悲伤与决绝里，弹着这首令人心碎的《白头吟》，既是与心爱的人话别，同时也是与自己的伤痛作结。

爱过的人都知道，爱情如果无法取得共鸣，长痛不如短痛。最怕也最伤人的感情，莫过于藕断丝连的反复纠缠，剪不断理还乱的一团乱麻。

对《白头吟》的作者，世人一直颇有争议，有人认为是卓文君所作，而有人认为只是乐府古辞。细品这首诗里流露出来的才情和气韵，我倒愿意相信这是卓文君的心声。

古代女子，如弱柳扶风，在社会中处于辅助地位，生活不能自食其力，幸福与否，全依仗夫家。而这首诗里的女子，在知道自己的心上人有二心时，不是哭哭啼啼的哀怨，不是失去理智的指责，更不是委曲求全的逆来顺受，而是勇敢的站了起来，非常有尊严的与自己心爱之人诀别，这样的气魄和风采，古代女子能有几人？

不信你读，那诗的开篇便为我们展现了一个高洁的立场：情如白雪明月，当洁白无瑕，不可蒙垢，既然知道君心有了两意，那么我们就决别吧！单只听"皑如山上雪，皎若云间月。闻君有两意，故来相决绝"这两句，便如金石之音撞击心扉，刹那叫人肃然起敬。而"凄凄复凄凄，嫁娶不须啼。愿得一人心，白首不相离。"更使整首诗的意境上升到一个前所未有的高度，让后人既赞叹作者对爱情的执着和忠贞，更佩服作者对爱情的清醒认识，对感情变故的冷静处理。

在那个女子无才便是德的时代，也只有文化女子，才有这份傲骨。而卓文君不仅是汉代出名的美女，更是我国古代四大才女之一。也只有她的才情、勇气和风度，才能与这首诗相配。

愿得一心人，白首不相离。这是多么动人、多么美好的心愿和誓言啊！这世间的情分如春日繁华，既有缠绵悱恻的旖旎幸福，也有千回百转的分分合合，更有不能圆满的凄婉忧伤，但不管是哪一种，其实冥冥之中，一切早有定数。

你不迟一步，他也不早一步，正好某时某刻，就那么遇到了，赶上了。也许很多年后，你还在一直问自己，为什么就是他呢，为什么？

听母亲讲述村里发生的一件事，我唏嘘不已。

女人年轻时就死了丈夫，那时孩子尚小，她便无心再嫁。

同村有个感情上受挫的年轻人看上了她，托人去提过几回亲，她也一直没放在心上。

一晃很多年过去了，村里的杏花开了一茬又一茬，她的儿子都有了儿子，她依然过着一个人的日子。

而那个男子不知何故，竟一直也没再娶。

有一天，女人觉得不舒服，到医院一检查，竟然得了绝症，是乳腺癌。

儿子呆住了，他不敢相信这是真的，一次次地找医生确认，甚至拿了细胞组织去省城最权威的医院化验确诊，幻想着会是诊断错误。

可事实胜于揣测，最终儿子不得不接受现实。

儿子陷入了两难的境地，耷拉着脑袋坐在走廊里抽烟，一支接一支，泪流了一行又一行。

癌症猛于虎啊！

不治吧，那是含辛茹苦把自己拉扯大的母亲；治吧，连医生都觉得希望渺茫。有多少家庭，不正是因为治疗癌症，最后落得人财两空，负债累累的结局呢？况且自己的家庭收入本就有限，还有两个嗷嗷待哺的孩子要养。

医生看到做不了决定的儿子，叹了口气说，治好的概率不大，是农村人吧？我知道农村的经济情况，你们还是回家吧！带点能够缓解疼痛的药，回家去想吃什么吃什么，不用再节省了，让她快快乐乐地过好以后的每一天，也算是尽孝吧！

女人准备去卫生间，正好在门口听到了这些话，一下子就愣住了。

她觉得自己的命就是那苦到不能再苦的黄莲。想尽情地放声悲哭，可是却又倔强地忍着，硬是把自己的眼睛憋得充了血，终究咬着牙没有哭出声来，扶着墙慢慢地倒在病床上，偷偷地蒙着被子流泪。

夜里，儿子睡着了，女人辗转反侧地想，不能拖累儿子。

女人绝望地哭了一夜，几次害怕儿子听到，手都被自己咬出血来。

儿子经过反复考虑，最终决定在医院为母亲做保守治疗。他不能就这样放弃母亲，哪怕砸锅卖铁，他也要试一试。

护士前来抽血，女人却怎么也不配合，坚决说自己没病，闹着要出院。

无论医生和儿子怎么劝都不听，并且扬言如果不让出院，她就死在医院。最后儿子无奈，只得办了出院手续。

女人得了癌症的消息在村子不胫而走，大家都来看她，很多人好心劝她好吃好喝心放宽。

女人笑，傻傻地笑。她说，你看，我好着呢！结果眼泪却像小溪一样的往外淌。

那个曾向她提亲的男人也来了，只是不说话，就那样默默地一直看着她。看了好一会儿，他突然对她说，你嫁给我吧！

女人一愣，只当他是玩笑，便不再理他。

可男人知道自己说的是真的。

从那天以后，男人每天都来。不止给女人做饭，帮着收拾屋里屋外，还自己翻山越岭的去挖草药，煎了给女人喝。

起初女人不喝。

男人笑笑，兴许管用呢？不试试怎么知道？左右最坏也不过是那个结果，你还怕这草药有毒？

女人想想也是，左右也不过是那个结果，有什么好怕的？

脖子一哽，女人便喝了，一碗接一碗地喝。

男人也真有耐心，不知道在哪里找了那么多方子，一服接一服地煎。不只是喝的，还有敷的，泡药浴的，只要能用的方法，男人都用。

说来奇怪，转眼半年过去了，女人非但病情没有加重，精神也越来越好了。男人和儿子陪着女人去医院一查，病情竟然得到了有效控制。

医生觉得简直是个奇迹，叫女人回去好好配合治疗，声称连治愈的希望也是有的。

女人回去后，男人便向女人求婚，女人答应了。

全村人都等着喝她们的喜酒，都觉得男人有情有义，觉得女人幸运有福。

只是结婚的前一天，女人打扮得漂漂亮亮的，说是去县城买首饰。男人要陪着，女人坚决不让。

结果女人那一走，就再也没有回来，也没留下只言片语。

男人苦等了一个月，百思不得其解，悲痛欲绝地喝了老鼠药。

幸好村里人发现得早，男人被送到了医院，洗胃之后命是保住了，可却只能瘫痪在床。男人的家人不愿意了，找不到女人，便去找女人的儿子闹，最后他们直接把生活不能自理的男人送到了女人的儿子家。

直到现在，女人的儿子还照顾着这位卧床不起的男人。

一晃几年过去了，女人一直杳无音信，没人知道当初女人到底为什么出走，或者去了哪里。

谁都以为，女人会与那样一个有情有义的男人白头到老。

可谁知最终的结局，竟然是男人差点断了头，女人的儿子却白了头。

第八章

陪伴是最长情的告白

看到一句很有哲理的话，每个人都只能陪你一程。仔细想想，可不正是如此吗？每个人都只能陪你一程，其实也就意味着，你只能陪别人一程。

你出生后，父母陪伴着你茁壮成长；你成家后，爱人陪伴着你迎接生命里的风雨阳光；为人父母后，你再陪伴着你的孩子长大成熟；而后，你的孩子又变成了曾经的你。尽管生命总在周而复始的延续着，但的确，每个人都只能陪伴你一程，你也只能陪伴别人生命里的某一个阶段，所以如果真爱一个人，就用陪伴来做无声的告白吧！

现在的很多孩子都是独生子女，总是缺少玩伴，常常会央求大人陪伴玩耍。

女儿很会撒娇，每次需要我陪时，都会嘟着嘴，吐着小舌头，耷拉着脑袋跟我做鬼脸。然后奶声奶气地嚷嚷：妈妈，没意思。

我知道她又开始寂寞了，只是她的寂寞我不懂。

因为我像她这个年纪的时候，在我的世界里，根本不存在没意思这几个字。每天家里的姊妹，院子的小伙伴欢实得像一群小猫小狗，哪还有没意思的时间呢？自然也不需要大人来陪。我们那时候的孩子，就是父母撒在田野里的种子，乡村的各种植物、动物都给我们带来了极大的乐趣。每天放学完成作业后，便一溜烟地散开在田野里：吹柳哨，寻了合适的植物做小喇叭，掏鸟窝，上山摘野果子吃，在小河边野炊，丢沙包……

常常忙得天昏地暗，生活里永远是不亦乐乎的愉悦，经常要等到家里人想起我们时，四面八方地寻着喊着，然后才恋恋不舍地回家，那自然也差不多到了休息的时间。

每次看着女儿苦瓜一样的小脸，我便放下手头的事情，摸摸她的头，无奈地叹息一声：那妈妈陪你下五子棋可好？说好只是五盘，不许耍赖哟！

她便眨巴眨巴那双会说话的大眼睛，脸上瞬间便绽放成了一朵花，整个人欢快得像只小兔子。

有时在我忙得焦头烂额的时候，碰到女儿来捣乱，也会极不耐烦地问她，你到底要叫我陪到什么时候，为什么不做自己的事情呢？

她会理直气壮地说，你要陪我到一百岁。

瞬间我就笑了。你看，这就是孩子的世界，虽然霸道任性，但却任性得天真可爱，任性得淳朴动人。

常听人说，要想知道一个人有多爱你，就看他愿意花多少时间来陪你。这句话虽然有点言过其实，但也有它存在的合理性。如果你的爱人都不愿分配一点时间给你，就算他说得再好，那么也只能说明，他真的没那么爱你。

真正爱一个人时，那怕是三秒，他也会及时回你一条消息，而不是让你整日忐忑不安，满怀焦虑地担心他是否出了什么事。

导致很多情侣分手的原因，也不外乎是自己期望陪伴的时候，受到了对方的冷落。长此以往，一颗滚烫的心失望得多了，便逐渐的凉了，冷了。最后的最后，便再也不需要你的陪伴了。

看过一部青春题材的电视剧，剧名我倒忘了，但是里面有一段情节却让我印象颇深。

一对曾经感情非常深厚的青年夫妇，在生活的琐碎和烟火的熏染下逐渐生出了嫌隙，随着失望和伤害的积累，两人都觉得她们的爱情和婚姻已经穷途末路了，然后决定离婚。

只是在离婚之前，女方提出了一个要求：把他们相识至今的路，都重新走一遍，也算是对这份感情的纪念。

为了完成这个神圣的仪式，两个人都放下了现在像刺猬一样的自己，重新去回味过去的一点一滴，然后重新去审视现在的自己。

然而等他们都愿意安静下来，重温起从相识的每一句对话，每一次约会，每一点感动和生活里七零八落的细节时，他们才发现，原来爱一直都在。最终两个人抱在一起喜极而泣，他们的生活也回到了人生只如初见。

你看，这就是陪伴的功效。在爱情里，它像一贴黏合剂，只要彼此还有心，还愿意去陪伴对方，你们就不会走得太远。

有一个朋友给我讲起她当年的爱情，尽管很多年过去了，可她在回忆起那些陈年旧事时，眉眼间溢满的全都是暖暖的幸福。

看着她诉说前尘往事时的陶醉表情，我都忍不住要嫉妒了。

真不知道是几世修来的福气，那个男孩子该有多爱她，才能做到她所描述的一切？

男孩子追她时，曾对她说，你以前所走过的路，很遗憾我没走过；那么以后有我在你身边了，我一定要陪你再走上一遍，我不想错过你生命里所有的精彩和失落。

起初，女孩以为只是一句玩笑话。

哪个男孩子追女孩的时候，不会甜言蜜语，不会信誓旦旦呢？

可是，以后所有的事实证明，男孩子并不是一时起意的刹那许诺，而是一诺千金的真情流露。

女孩的家，在大山深处，回一趟家甚至要翻山越岭，艰苦跋涉。而男孩子的家，在上海繁华的大都市，哪见过那样的贫穷落后，哪吃过那样的苦？

可大二暑假的时候，男孩子非要跟女孩子一起去她老家，看看生她养她的地方。

起初女孩子不同意，怕男孩子笑话她。可转念又想，若他真是那么肤浅的人，其实去看看，也是一个不错的考验。

就那样，女孩子带着男孩子去了她的家乡。

没走过山路的男孩子，哪吃过这样的苦？等走到女孩子家时，俨然就成了瘸子。因为不习惯走山路，脚掌磨起了两个拇指大小的透亮水泡。后来水泡烂了，跟袜子粘连在一起，又是夏天，脚便感染了，路都走不了。那个暑假，他便只能在无限的痛苦和煎熬里辗转反侧。不止这些，山野的蚊虫，更是像轰炸机一样，他那细嫩光滑的皮肤，简直成了它们最美味的大餐。

看着男孩面目全非的模样，女孩子被感动了，抱着他痛哭。她觉得她配不上他，决定开学之后就远离他。

后来她又想，反正他那么爱面子，说不定吃过了这么多苦，应该自己就会放弃！

等到开学返校时，同学们都很好奇，曾经的白马王子，怎么一下子就变成了伤痕累累的沙场战士了？好多同学开玩笑问，是不是去了原始森林？

不料男孩子竟然满脸阳光地说，我去体验生活了，那种无障碍亲近大自然的幸福，你们哪能懂？

那一年，女孩子不再理男孩子了，可是男孩子却依然如故。

第二年暑假，女孩子没跟男孩子打招呼，早早便回家了。可她到家后不到一周，男孩子也跟了过来。

他咧着瓷白的牙齿对她说：你别忘了，我说过的，我要陪你走过你所有曾经经历的路程，快点给我接风洗尘吧！

女孩子终于软化了，抱着他呜呜地哭！

后来，她就嫁给了他，成了他的妻。

在那天下午的回忆里，朋友无限感慨地对我说：他最打动我的，就是在那样的条件下，他还愿意不离不弃地陪着我。哪怕高山险阻，哪怕艰难崎岖……我想我这一生，足够了，所以稀里糊涂的就嫁了。

我笑她得了便宜还卖乖。

你还求什么？还要什么？你当然要嫁给他了，要是我，也嫁。

她笑得像这六月天光里，最明媚的一朵石榴花。

可不是吗？如果人生能有这样一个人，愿意不管不顾，跋山涉水去陪着你，还有什么困难是你们不能解决，不能超越的呢？

如果真爱一个人，那么就多点时间陪陪对方吧！不管是亲情、友情，还是爱情，都需要我们用心去陪伴，陪伴才是最长情的告白。

哪怕只是一条问候的短信，一个微笑的表情，或者就是一通随意闲聊的电话，一桌日常朴素的家常饭菜，都会透着陪伴的温暖，透着爱的传递和表白。

PART3
——
痴恋
·相看
两不厌

第一章

一把檀木梳，万缕青丝长

朋友从北京回来，带了一把西子荷的绿檀木梳给我，用一个朱红色的漂亮锦袋装着。

打开看，只见那梳子周身布满了绿色与褐色相杂的漂亮天然木纹，不止造型大方简洁，线条自然流畅，手感更是滑润细腻，闻起来还带了清新芬芳的檀香味，瞬间便让人产生一种愉悦的情绪。

我甚是喜欢，取出来顺手便在头上梳了两下。

友说，女人的头发很重要，所以一定要有把好梳子，我知你肯定会喜欢。

十几年的老朋友了，她当然懂我。

我发质细软，这么多年来，总是希望自己能有一头浓密的乌黑长发。怎奈在尝试了很多方法之后，希望依然只是希望。

故她在千里之外，仍不忘念着我，路途迢迢给我带了这样一把梳子回来。这样茂密而浓厚的友谊，就是一生中我最宝贵的珍藏。

对于她那头乌黑亮丽的长发，我不止一次地心生羡慕。一晃我们已到中年，她的头发却依然那么好。

我想起我们的初见。

彼时，我和她都是青涩含羞的少女，正是锦瑟华年的大好春光。那时我们还在读大学，春天的一个下午，她穿了一件白底红花的民族风连衣裙，站在一棵满是花苞的白玉兰树下，头发绾了一个髻，插了一枚细碎流苏上坠着红豆珠子的木簪子，好像在等人。

风吹着那珠子一颤一颤的，那个画面可真美啊！我走过去问路，没想到竟然是老乡，且又在同一个系，便留了联系方式。

由于乡音的缘故，很快便熟了，没想到竟然性情相投，最后就成了好朋友。

尽管很多年过去了，可我依然很清晰地记得初见她的情景，尤其是那一头乌黑浓密的头发，格外让人印象深刻。

拥有一头秀发，一个好的发型，对于女性来说，尤为重要。它不仅代表了良好的个人形象，更会严重影响人的自信心。女子每次做了新的发型，必定希望第一眼便被自己喜欢的人看到。在他没看到之前，会一直在心里忐忑着：他到底会不会喜欢，他会觉得好看吗？

等见了他，却不开口问了，只等着他自己来发现你身上的变化，由此来考验他对你是否上心。遇到粗心的男生，如果没注意到女友新换的发型，往往就是一场小风暴的开始。

而一个再英俊的男子，如果头发稀少，个人形象也一定会大打折扣，人毕竟都是视觉动物。

在古代，人们讲究身体发肤，受之父母，因此头发不能随意受损，人们会把自己的头发看得跟自己的生命一样重要。就是到了现代，某些女性在一段感情逝去的时候，也会剪掉自己好不容易为他养长的一头秀发，寓意剪去三千烦恼丝，和过去的纠葛和情愁一刀两断，从此相忘于江湖，开启自己崭新的生活。

在很多古装题材的电视剧里，最柔情蜜意的情爱场景，莫过于男子替女子梳头绾发。

特别是在古代社会，男子处于至尊地位，日常生活里所有的一切，都是女子在打理。而如果一个男子能够放下身段替女子梳头，那一定是爱到骨子里了。一缕缕梳着那一头青黑乌亮的发丝，再悉心的把它们打理成自己喜欢的发型，那是何等的幸福和甜蜜？

那水一样的温情和柔软，像三月的雨或者风，也像是悄然盛开的花朵，更像是春光里疯长而攀爬的藤，或者只是水面的涟漪……无声的在意中人的心头吹呀吹，开呀开；一吹便润物细无声了，一开便没了边际，它们就那样悄无声息地绽放着，蔓延着，漾动着……

《绾青丝》里的叶子，也是在那位自己颇有好感的男子突然为自己绾了发之后，便在心底生出丝丝缕缕的缠绵和纠结来。情丝和青丝本就谐音，在寓意和形象上都有千丝万缕的意象，因此便可互喻。

而古代如果收到的礼物是梳子的话，就代表对方愿意与你白头偕老，含有定情之意。通常结婚之后，夫妻各剪一缕头发，打成结编在一起，寓意结发为夫妻，相爱不分离。

在我老家的传统婚俗上，讲究自家的叔伯婶娘要为新娘子梳头，且分三次梳。一梳梳到底，从上到下的梳，寓意白头到老；二梳往前梳，到眉毛，寓意夫妻举案齐眉，相敬如宾；三梳满头梳，寓意儿孙满堂，家里人丁兴旺。

我小时候发质不好，头发特别纤细，很容易打结。风一吹，满头的发像茅草一样在风中乱舞，尤其是干燥的冬天。

因此在村里落下一个黄毛丫头的称号，当时特别自卑。母亲便常常劝我，让我留短发；我坚决不同意，觉得那是男孩子的发型，女生就应该留长发。

后来听人说，用过了霜的桑叶煎水洗头，可以改变发质。之后到打过霜后，我天天放学了便去田埂上摘桑叶。几年过去了，尽管桑叶用了几箩筐，可发质一点也没得到改善，头发还是细软发黄。

每次梳头的时候，头发缠在一起非常痛，常常扯得龇牙咧嘴地直掉眼泪，为此奶奶总是嘲笑我。奶奶不喜欢我，因为我是女孩子，那时在农村重男轻女的思想还很严重。

我至今仍然记得，奶奶一边看着我难过地与结在一起的头发纠扯撕缠着，一边拖着长长的腔调念她的顺口溜：

三天一个头，梳得眼泪流，亏得那些姑娘大姐哟，天天一个头，那都怎么梳喽?

然后,我气得冲奶奶直跺脚,心里既难过又委屈。

奶奶也不理我,自顾自地哈哈大笑着。

长大后头发仍然细软,每一次聊到头发时,大家总是劝慰我:头发细软的人,不仅个性温柔,而且极其善良。

我知道这不过是一个善意的谎言,不过也没有办法来解决我这细软头发的问题了,就姑且听之,算是聊以自慰吧。

而如今,头发依然纤细柔软,自己却不再苦恼了。

每个人的身上,或多或少都存在着自己不满意的地方,这世间并没有十全十美的事,何苦再庸人自扰呢?

不过,看着友从千里之外带给我的这把檀木梳子,心里还是暖暖的。不管是友情、亲情,还是爱情,这一生有人惦念,有人牵挂,就是所谓的幸福吧!

如此,以后的每一天里,我都会悉心地用这把带着温暖情谊的梳子,来仔细梳理我的头发,仔细梳理以后的生活。

哪怕它并不乌黑,那怕它细软发黄,哪怕它纠结万分,可那都是我的一部分,都是我真实的一部分。

第二章

沧海明珠泪盈盈

从懂得打扮自己，就喜欢珍珠首饰。并不是世俗的虚荣心在作祟，也不是爱慕珍珠奢华的珠光宝气，而是在各色材质的首饰里面，珍珠最吻合我的气场。

华丽且不张扬，在温婉宁静中，却又透着自己的光芒和个性。

珍珠耳环、项链、手链、戒指一件件地买着，很快我的首饰盒就被塞得满满当当了。可下次见了喜欢的，还是买。

女人和珍珠，天生就是绝配。哪个女人或多或少，没有几件珍珠饰品呢？

珍珠给人的感觉虽然高贵，但却是首饰中的邻家女孩，个性极其温润谦和，并不挑人。它不像黄金，黄金就没那么随意，总是喜欢挑挑拣拣。有的女子戴黄金好看，但有的女子戴上黄金，一下子就显得庸俗不堪。譬如我，就从不戴黄金首饰，它跟我是完全隔阂的两个世界。

而珍珠只要选对了适合自己的色系，所有的女子戴上都会好看。

黑的高冷庄重，紫的高贵典雅，粉的清丽明媚，白的大方端庄。所有女子戴上珍珠首饰，瞬间都有焕然一新的明艳。当然，要想戴出珍珠那种雍容华贵的气度，也是需要个人深厚修养的。那是一种从内而外焕发出来的气质，并不单单是首饰的堆砌。

珍珠这两个字，读起来既让人产生一种来之不易的神圣感，同时也有疼痛。好像心里咯噔一紧，就是砂粒进入河蚌身体的感觉。

可不是吗？珍珠就是河蚌日积月累的痛。

人在经历了众多苦难打磨之后，如果还能倔强地挺立着，当也是一颗珠圆玉润的珍珠了吧？

读李商隐的"沧海明珠月有泪"一句时，我在想那河蚌身体里的珍珠，难道是月亮伤心时流的眼泪吗？抑或是月亮的光照进了河蚌的身体，才变成一粒粒皎洁耀眼的珍珠？

民间有个美好的传说：当砂砾进入河蚌身体之后，河蚌分泌出珍珠素把砂砾紧紧地包裹住，就形成了一颗颗小珍珠。然后到了夜静月明之时，他们悄悄的从海底升到海面。彼时海上生明月，月光皎洁。河蚌便向着月光张开自己的蚌，吸收月亮的光华来养珍珠。日复一日，珍珠在不断地吸收了月亮的华彩之后，便开始变得晶莹润泽丰满了，最后才能发出那么璀璨夺目的光彩来。

也有人说，珍珠是古代鲛人的眼泪。

　　且不管珍珠由何而来，无疑李商隐也是非常喜欢珍珠。不然岂能有天上明珠、水中明珠的珠珠相应；岂能有沧海映明月，明月浴沧海，疑似泪盈盈的完美意象组合；岂能有"沧海明珠月有泪"的千古流传呢？

　　那盈盈流光的珍珠，也是梅妃江采萍的眼泪吗？

　　桂叶双眉久不描，残妆和泪污红绡。

　　长门尽日无梳洗，何必珍珠慰寂寥。

　　你看，再聪慧伶俐的女子，遭遇了爱情的挫折之后，都会变得失了分寸，失了自己的傲骨。尽管在这首诗里，是明明白白的拒绝，是不受同情怜悯的铮铮傲骨，但更让人一眼看穿的是她明明白白、清清楚楚的哀怨。

　　因为在这首诗里看到的只是她的泪，她的伤，她的痛，她的自我颓废。如果她说：

　　眉色青黛远山长，梅妆梅林趣成双。

　　长门风光依旧好，何须珍珠来探望。

　　该有多好？

　　梅妃是谁？那可是江南的绝世幽芳啊！不仅风姿绰约，蕙质兰心，且生得玉腕雪肌，冷艳清幽。自幼便熟读经书，得其父大力栽培，善诗文歌舞，精通乐器，自幼受梅花精气的熏陶，就是一朵清逸出尘的梅花。

　　她不止有梅的风姿神韵，更有梅的高洁和傲骨。《惊鸿舞》《谢赐珍珠》和《楼东赋》都是她卓越才情最有力的证明。

她也曾是帝王心中不可多得的明珠啊！那时他多么宠她，宠到"六宫粉黛如尘土"，"宠到君王时时带笑看"。

曾几何时，他们一起吟诗作对，一起舞歌弄赋，一起花前月下，对酒当歌。可是偏偏她来了，那个三千宠爱集一身，让帝王从此不早朝的杨玉环来了，一切都变了。

自古帝王便风流多情，她的才情美貌，对见异思迁的帝王来说，也不过是凝眸一视的惊鸿一瞥。最终她的情，她的爱，都化成了延绵不绝的眼泪。或许她看到皇帝赏赐的珍珠，也会联想到她为他流的泪吧？那些泪水，恐怕比这些珍珠还多，还要珍贵。

在梅林里独自徘徊，形只影单的时候，她也曾有过"既生萍，何生环"的悲愤感慨吗？在已成的事实面前，她只能是一颗遭人抛弃，蒙了尘土的珍珠，再也没有熠熠生辉的光彩了。

古往今来，又有多少才女佳人，是遭受爱人无情抛弃，一生盈满眼泪的沧海明珠呢？

班婕妤是，阿娇是，江采萍也是，还有后来的张爱玲。

虽然《团扇歌》《长门赋》《楼东赋》篇篇感人，字字真情，怎奈当情郎变心之后，再深切感人的佳作，在他们眼里都不会再有一丝波澜，倒成了她们自己凄切人生最有力的证明了。

也许这就是女性和男性思维的不同。女人总认为，就算爱情没了，总还有昔日的情分在吧？而男人则认为，没了就没了，就连昔日的情义都可以一笔勾销，所有的温馨和美好瞬间都不复存在了。

在女人眼中，那些类似于情书的词赋，明明是寄予厚望的救情救爱的苦口良药；可是到了男人的眼里，竟成了令人厌恶的苦苦纠缠，令人心烦的不休聒噪。那些遭遇他们无情抛弃的女子，在他们的眼里早就是尘埃里的土坷垃，绝对开不出花来。在他们看来，人生还有那么多的良辰美景，天涯何处无芳草？旧的不去，新的不来。他们哪还有功夫去理会那些整日悲悲切切令人生厌，了无欢乐情趣的陈旧之人呢？怎么愿意再去正眼瞧她们？

活在这个尘世，每个人都有七情六欲，都逃不开情的困扰。

遇到美好的爱情固然欢喜，就像河蚌吸收了月亮的光华一样，这样的女子也会变成一粒光彩照人的珍珠，因为爱情滋养了她。如若不幸，遇到了不美的爱情，或者变质的爱情，就当是生活对我们的考验吧！我们当尽力把自己打造成只为自己发光的明珠，没必要在一份无法圆满的爱情里堕落消沉；如果遭遇了情爱的挫折就沉迷在伤痛里一蹶不振，那样更容易被人看轻、无视，同时也是一种对自己人生极不负责的行为。

你该相信，这世间的每个女子，都是一粒不可多得的珍珠，只要努力修炼，终有华光满目、璀璨圆满的一天。

爱情，终归只是生命的一部分。有了好的爱情，那是锦上添花，是华枝春满，是良辰美景的花好月圆；没有爱情，也不要总纠结在自己逼仄凄楚的凄凄惨惨戚戚里，更无须活成人人见而避之的幽怨萎靡之态，实在浪费了父母给你的这副皮囊。

所以，对于情爱，一旦对方决定放弃，最好的选择就是决绝的转身，做更加光彩夺目的自己，不哀怨，不自轻。

如果此生幸运有你，那么我会一生好好珍藏，把你捧在掌心，绝不辜负，你就是我心头最为珍贵的珠宝；如若没你，我仍然会在自己的世界里，把自己修炼成自己喜欢的样子，做只为自己这一生的使命而闪闪发光的珍珠。

我的世界，不是没你不可以；而是我期待着，有你会更好！

你看，时光正好，春光灿烂。

如此，好好的爱生活，爱自己，爱一切让自己成长的人事，珍惜着自己的珍惜，精彩着生命的精彩。

世界对每个人都是公平的，没有人能例外地逃过成长的阵痛和撕裂。

爱情也一样。

因为懂得，所以慈悲。让我们学会把生命里所有的悲惨和苦难，都当成珍珠形成的过程吧！

尽管疼痛着，却也希望着；尽管失落着，却又新生着……

第三章

旗袍·小镇

旗袍属性优雅，虽藏而不露，然而那玲珑妙曼的风情，却又让人一览无余，顷刻之间所有的风光都尽收眼底。

这样妩媚动人的旗袍，更像一座文化底蕴深厚的千年古镇。你走近了它，明明白白地感知着它的美，它的韵；待细细说时，却又道不出，是一种东边日出西边雨，道是无晴却有晴的禅意。

是春意即将退却的绿肥红瘦吗？更或是"昨日乱山昏，来时衣上云"？又或是"云破月来花弄影"？是也，却又不全是。像李义山的《无题》，"暖玉生烟无觅处，明珠月泪映沧海"，只可意会，不可言传。

那一点一滴，全透着它的美，它的妙曼，它的雅致和内敛羞涩，而实际却又是极其张扬的。当我们把内秀发挥到极致的时候，往往就到了事物的反面。

你看，所有人都面无表情，无动于衷；而只有你反应过激，低下头害羞了，所以张扬的一定是你，只是你自己不知道。

旗袍也是一样，它以为自己是低调内敛的；可它却带着致命的张扬和妖娆，只是不自知罢了。

年轻时喜欢旗袍，却不敢穿，因为年轻呀，那时所有的日子仿佛都是飘着的。总害怕穿不出旗袍的韵味，害怕糟蹋了它那典雅妩媚的风情。三十岁以后，倒越发的喜欢旗袍了，以前形形色色的时装都收了起来，旗袍一件接一件地买。

葡萄紫的、酒红的、黛绿的、宝石蓝的、象牙白的；长款到脚踝，短款过膝盖；改良版的、传统款的，甚至还有越南的民族服饰奥黛，琳琅满目的可以开一家小小的旗袍专卖店了。

女友来看我，扫了一眼我的衣橱问，怎么一下子都复古了？

我笑，"喜欢"。

"你不觉得这样的服装，更适合我吗？"我盯着我的衣橱，目不转睛地她反问。

女友也笑，"是"。

你终于找到自己的感觉了。

说罢直接取了件我的旗袍开始在自己身上比画起来。你看，这就是女人的世界。

以前穿衣服，更多的感觉，自己好像是装在套子里一样，像契诃夫的《装在套子里的人》。只有邂逅了旗袍，我才觉得我和我的衣服，终于融为一体了，那是一种宁静妥帖的心安。

回到家乡，依然穿着旗袍。有邻居问，"现在省城流行穿古装了吗？"

我忍俊不禁地纠正着："不是古装，是旗袍；也与流行无关，只是自己喜欢而已。"

陪母亲去走亲戚，亲戚家就住在云盖寺古镇上。

那天穿了件宝蓝色长款刺绣旗袍，下摆绣了大朵的牡丹，在五月的初夏里倒是应景。款款地穿行在古韵悠悠的小镇上，感觉这身旗袍和这座小镇，倒是绝配。

尽管很多人投来惊艳的目光，亦不觉得招摇。我只是穿着自己喜欢的衣服而已。

小镇分为前后两条街道，前街为老街，整条老街平缓曲折，有江南小巷的幽深和韵味。两排错落有致的房屋在老街两边次第展开，两排古色古香的木板门好像把时光阻隔在了古代，像极了江南水乡里那些仿古的临街铺子。

太阳透过那些高高耸起的马头墙，射了下来；墙面上那些生动鲜活的油漆彩画，格外的繁重浓郁，格外的缤纷绚丽。

关于这座古镇，倒真是浸染了不少的光阴，说它千年一点也不为过。据最早的史料记载，汉代开始建设，唐代扩大规模，还建了寺庙，据传曾经还为李世民修建了行宫，至今已有 1300 多年的历史了。而现今这条古色古香的街道，大部分建筑是清乾隆以后遗留下来的。

乾隆时期，因为一次大的天灾，两湖、江西、安徽一带的灾民大批迁移到了陕南，有一部分进入了镇安，一些人便停留在云盖寺镇上。这些人也就是历史上所说的江南的"下湖人"，他们的祖辈在这里扎根下来，兴建房屋，繁衍子嗣，世代相传。

时光走到了今天，那些被光阴碾碎的渊源只能在史料和典籍里去找寻了。我倒是更愿意就这样什么也不想，只穿着心爱的旗袍，信马由缰地穿行在这条有着岁月厚度的老街上。这样的感觉，倒像是一个华美而绵长的梦，仿佛自己也成了江南水乡的女子。

不过稍微有些遗憾，此时已接近中午，街道上南来北往的游客已逐渐密集起来，这座古镇已不再是我一个人的幽静遐想。

人们像从四面八方游来觅食的鱼。

这时的小镇便成了人群的背景，前来游玩的人鱼贯而行，各类小吃商贩不停地叫卖吆喝着，虽然整个小镇不再是水墨画里的幽静清远，倒有了生活的气息和温度。徜徉在这样繁华的红尘烟火里，感受到的又是一番别样的风韵和情趣。

等我跟着母亲拐进亲戚家的院门之后，刹那便呆住了：这样的美，是我始料不及的震撼和感动。

亲戚看到我身上宝蓝色的旗袍，眼里刹那有了灼灼的亮光，啧啧地感叹着：这旗袍可真美啊！

和亲戚打过招呼，她们忙着叙话，我便自顾自地打量着院子里的一切。

站在两层楼的小院里，仰起头，不止能看到灰褐色的马头墙檐角，闪着冷灰光芒的瓦片，还能看清侧墙上的雕花。天空深蓝悠远，有点像罩在我们头顶的镜子，丝丝缕缕的白云仿佛就是晾晒在蓝天底下的白衬衣，风一吹，便飘呀飘的。

收回视线朝近处看，雕花格子窗，四水归堂的天井，涂着朱漆的栏杆，美轮美奂的油漆彩绘，这哪里像是在人间啊？

还远远不止这些。

天井里砌有五六米高的塔式花坛。一些不知名的花，像瀑布一样，从花坛的顶端按由小到大的顺序一盆盆、一层层的垂下来。风从马头墙上翻了过来，只轻轻地晃上一晃，那些五颜六色的花儿便得意地吹起了小喇叭；而那些藤条之类的绿色植物，也不甘寂寞，它们仿佛就是挂在院子中间的巨大绿色风铃，只等风一来，那些苍翠欲滴的叶子便一个劲地摇呀摇。

你听，它们仿佛在与风儿手拉手地说悄悄话呢！

这样的美，不止是沉醉，简直令人不能自拔了。

亲戚家经营的是一种非常传统的小吃，叫土豆糍粑。

做法虽然极其简单，但却特别费力气。把土豆去皮，然后在土灶上放的大铁锅里隔水蒸熟。取出晾凉之后，放到石碾上用木锤反复地捶打。直到后来，它们粘稠得像一团晶莹的面团为止。只是那糍粑打到最后，由于巨大的粘性和吸力，要把锤举起来，却是一件极其困难的事情。打糍粑的人，需要行家里手，否则一天下来，只会是腰酸、背痛、胳膊抽筋。

最后吃的时候，再配上农家的芥菜酸菜汤，以鲜嫩碧绿的炒韭菜提味，调上芝麻油泼辣子。那一个鲜、香、酸、爽、劲道柔滑，简直无法形容。只要是尝过的食客，一碗肯定是不够的，大有三碗不过瘾的架势。

这样的美味，可是人间难得几回尝。

有品罢美味的食客走进院子参观，看见穿了旗袍的我，先是一愣，接着便要跟我合影。我知道他们把我当成店主了，连忙摆着手解释，并委婉地拒绝了，我不喜欢跟陌生人照相。

傍晚的时候，我们坐在院子里吃着家乡菜，有一搭没一搭地闲话着家常。风徐徐地吹着，几杯自酿的甘蔗酒下肚，便有了微晕的感觉。

亲戚无限感慨地摸着我身上的旗袍，悠悠地望着远方说，年轻真好啊！我年轻的时候，也像你，爱美。只是如今，你看，都成了粽子了，岁月不饶人啊！到底还是老了。

说着竟哽咽得说不下去了，眼里泛起隐隐的泪光。

我见过她年轻时的照片，那是与母亲的黑白合影，那可真是一个水灵葱嫩的美人儿。只是如今面目全非了，面对她的感伤，我不知道如何去安慰。

匆匆吃了几口饭，便借口去散步了。

我最怕看到这种美人迟暮的伤感，尤其是在这么唯美的古镇，感觉所有的忧伤，都是对这份美好的破坏。

此时天色已晚，遥望远山，小镇已跌入夜的梦乡，我一个人在这唯美而诗意的夜色里慢慢地走着。夜间的山风，仿佛是一个顽皮的孩子，肆意地掀起我旗袍的一角，刺啦啦的在风中舞动着。

　　喧闹了一天的小镇，终于在暮色四合的大山怀里安静下来了。沿街两排红彤彤的灯笼，映照得青砖路面上都有了温馨而柔和的暖意。一个人漫步在这灯火通明的古街上，心底无限的情思如波涛一样翻涌着。

　　不管世事如何变迁，作为一个喜欢旗袍的爱美女子，一定不能与时光妥协。等我老了，我还要穿上心爱的旗袍，就这样在这小镇上走呀走。

　　哪怕别人都叫我老妖精，我亦欢喜。我愿意自己这一生，都能成为与光阴绵柔相斥的妖精，而不是软弱无力地去感叹：岁月不饶人。

第四章

一生一世一心人

这样的奢求，像一个童话，但到底还是奢求了。

你会在这样宏大的期盼里，惶恐不安吗？

就连转世灵童仓央嘉措皈依佛门，在布达拉宫举行了神圣的坐床大典，成为受世人敬仰的第六代达赖之后，依然没能逃脱一个情字，逃脱只求一心人的愿。

何况只是一个小小的你，一个小小的我呢？

情爱的世界，谁能逃得脱？既然注定是生命里无可避免的经历，那为什么又要逃呢？

奢求就奢求吧，哪怕终是繁华一梦，但那到底是活生生、水灵灵的一个你呀。这样想时，在面对感情世界里的一切时，自然就没什么好惶恐的。

有奢求的日子，才是最美的。

人活一世，草木一秋，不管是春荣秋凋的短暂一载，还是数十载的漫长光阴，都当有所求，那是引导我们一路走下去的星光。

秦始皇求千秋基业，遂成就了六国的统一；林逋求闲云野鹤，才有"梅妻鹤子"的雅号流芳；陶渊明求山水田园之乐，他的山水田园诗便隽永生香，被永久地载入了史册。

当然，这些求的是功名，是理想。

我们同样也可以求爱情，求幸福，求自身的成长，求自我的实现和超越，求人间的点滴真情和温暖。无所求的人生，注定了只如一团寂寂的死水。生命里没活水注入，只能干涸发臭，最后在自然的轮回里自生自灭。

这样的人生，你想要吗？

我想起了童年。

在漆黑的夜里，总有一些萤火虫在空中飞呀飞，好像是发着绿光的小灯笼。那时候，我们总想抓住它们。可是它们总是那么机灵，感觉就要被抓到了，它们却又忽闪着翅膀飞远了；等我们停下来时，它们又慢慢地朝我们飞来，再诱惑着我们去追赶。一次次，它们总是如此周而复始的、乐此不疲的跟我们玩着游戏；我们也便锲而不舍地追逐着，希望着……

奢求、心愿、希望、理想，若把这些词汇用于生活，在人生的历程中，大抵也是这种感觉吧！

然而现实生活里，对一生一世一心人的奢求，终归只是传说里多，故事里多。尽管发生的年代已经久远了，可是那些故事却依然在这红尘烟火里流传。

《庄子·盗跖》里说：

在鲁国曲阜有个叫尾生的青年才俊，为人善良正直，且乐于助人。对朋友更是诚实守信，固在他的家乡颇受乡邻敬重赞誉。

尾生迁居陕西韩城的时候，与一位漂亮女子邂逅了，两人一见钟情。窈窕淑女，君子好逑，两人最后便悄悄地私订了终身。

但尾生家贫，姑娘的父母知道后坚决反对。为了追求爱情和自己想要的幸福，姑娘决定与尾生私奔，他们约定在韩城外的木桥边会面，然后一起远走高飞。

那天黄昏，尾生按照约定提前来到桥上，不料天空突然电闪雷鸣，顷刻之间大雨滂沱，不久山洪便暴发了。河水滚滚，泥沙席卷，很快不止淹没了桥面，并没过了尾声的膝盖。

可尾生一心想着与姑娘的誓言：城外桥面，不见不散。便死死地抱着桥柱，最终被活活淹死了。

而那天正欲私奔的姑娘，被父母禁锢在了家中；等她伺机脱身前去约见地点时，看到尾生紧抱着桥柱已经死去，不由得肝肠寸断，绝望地跳河溺亡。

这个故事是真是假姑且不提，倒是尾生抱柱守信，最终成了仁者见仁，智者见智的永久性话题。

在我老家也流传着一个特别凄美的故事，但却是真人真事。

事情发生在 20 世纪七十年代，我家乡云镇一个叫鸽子洞的地方。

云镇可是秦岭深山里的小上海啊！而鸽子洞在云镇也颇有名气，洞虽然只有一间房屋大小，但在石壁上却有很多唐朝诗人题的诗词，因此成为人们经常游览的古迹之一。而那个轰动一时的殉情故事，便发生在那里。

那时，有一个家庭成分极差的青年为了抗争命运，便外出谋生。等他归来后便被定为"四类分子"，受当地管制并监督劳动。可是命运弄人，偏偏他爱上了支书家的女儿，而那女子也爱上了这个聪明上进，机灵勤奋的年轻人。他们的恋情理所当然地遭到了强烈反对。

多次抗争无果，两个糊涂的年轻人绝望了，便决定自杀殉情，这样便能不辜负他们一生一世一心人的誓言，便能生生世世在一起。为了了却心愿，他们躲藏在鸽子洞中，经过非常痛苦的抉择，两人紧紧抱在一起，将偷来的雷管插上导火索放在胸前点燃了。

一声巨响，造化弄人，两人都受了重伤却并没有死。真是求生不能，求死不得。

看着情人痛苦不堪的模样，小伙子爬到心爱的人面前，含泪用小刀杀死了恋人，然后再用刀割自己的脖子，终因疼痛失去了力量而昏厥。

爆炸声引来了官兵，小伙子被逮捕了。本就有过，还杀人行凶，这是对当权者最大的挑战。这样的双重罪责，自然决不能轻饶，更不能让他就这么轻松地死了，他便被送去医院抢救。在医院里，他被公安战士看管着，一时间这个殉情事件就成了镇安县城最大的新闻。

医院内外，好奇打探他消息的人流如潮；街头巷尾，议论此事的人们更是唾沫横飞。

据医院的护士讲，他被捆在了医院急救室的病床上，四肢上了铁铐，锁在病床的铁架上。他的情绪极其暴躁，对周围的人群充满了仇恨，眼睛瞪得血红，嘴里不时发出猛兽般的长啸。颈部肿胀，不断有血水渗出，但只要有一丝机会，他便极力挣扎着试图再次自杀。然而看管严密，他只能在极度的痛苦中生不如死地煎熬着。

几天后伤口感染气管堵塞了，医院为了维持他的生命，给他做了气管切开插管手术。那时他已不能发声，生命体征逐渐开始衰竭了，医务人员和警察也被搞得疲惫不堪。一天下午，犯人趁着警察疏忽，拔掉插管氧气，最终窒息而亡。

随着他生命的结束，轰动一时的悲剧，也最终慢慢消散了。

当然他们这样不知爱惜生命、敬畏生命的做法是不可取的，但他们的忠诚和守信也同样生动感人。一生一世一心人，尽管他们做到了，但却是以两个人的生命为代价，那是一种十分极端也自私的做法，让人内心充满了悲凉的沉重。

无可争议的是，不管后世如何评说，赞他们忠贞也罢，骂他们痴傻也好，最终他们都留在了人们的记忆里，留在了历史那凄美而惊艳的爱情传说里。

古往今来，最让人羡慕的，当数钱钟书先生和杨绛女士的爱情。

虽然，一生坎坷多舛，但是他们之间夫唱妇随、锦瑟齐鸣的爱情和婚姻生活，真是羡煞世人。

钱钟书说，自从遇到杨绛，一生便没想过要离婚；而杨绛的回答亦是如此。这样的一生一世一心人，如果此生有幸能够遇到，该有多好！

第五章

若相爱，不相问

如果说爱情是一个谜语，以两人的相遇为谜面，谜底便是对方到底爱不爱你。

倘若爱，究竟有几分？这恐怕是所有情侣心中，一生也猜不透的谜吧！

困在心结千千的情网中，像走迷宫，也像猜谜语。

陷入一份前路迢迢的情爱当中，其实不亚于走进了一座迷宫。你的惊慌失措，忐忑不安，焦灼难耐，只有你自己最清楚。那时你就是一只意乱情迷的迷路小羊羔，总是幻想着能尽快找到这错综复杂的迷宫出口，或者能准确无误地猜出你们之间的结局。

于是，总在这种纠结反复的情绪当中，不知疲倦地找呀找，绞尽脑汁地猜呀猜。只是很快，你会发现：尽管你做了那么多的努力，你自己心中仍然没有明确的答案，依然会空空如也。

在很多时候，你以为找到了貌似的真相，一旦对方身上在不经意间有了纤细如尘的变化，你便又开始疑惑不解了，开始纠结和推翻自己当前的判断。

他到底爱不爱我呢？

你还是问了，起初你只是在心底问自己。也会向自己关系最好的朋友讲一些细枝末节的事，请求她们来做评判。

若她们说爱，你会陶醉得心花怒放。那一刻，你心底的花儿全都开了，那些香甜如蜜的幸福，会无声的在你的心底扩散蔓延。若她们说不爱，你会黯然伤神、沉默不语，然后开始找理由来说服你的朋友，为他辩白。

其实不论她们怎么说，你心底早就有了定论，因为你爱他，当然希望所有人都说他也爱你。

直到有一天，你在自己心中找不到答案，你沉默隐忍的耐心终于用完了。在自己困惑到不能自控的时候，你便把心沉了又沉，然后俏脸绯红，觍着脸皮问他：你爱我吗？

你看，到底还是说出了口。

他看你问得这样轻松，也许会害怕，会沉默，会后退。

因为爱是一个沉重而充满责任感的字呀！哪能这么轻易就说出口呢？他感觉你像游戏，也许会鄙视你的真心。

只是他不知道，你一直那么紧张，就害怕搞砸了。这可是在你心底反复纠结了数百回，重复演练了千万次才有的表白呀。尽管你表面上波澜不惊，可开口的那一刻，心里却像打鼓一样，只是他不知道而已。

因为他不是你，自然没办法与你感同身受。

如果恰巧他也爱着你，也许你会得到热情洋溢的回应，但也并不意味着你们之间从此就是花好月圆，艳阳高照。

关山此去路遥，也许止不住还有更多的百转千回、曲折蜿蜒在等着你们呢。行走在通往真情的这条路上，经常遇到的都是九曲十八弯的羊肠小道，一条大道通罗马的平坦，实在少有。

如果他回应不爱你，你仍然不甘心，你会想方设法地靠近他。

从此，一场翻山越岭、不知疲惫的跋山涉水便在你与他之间展开了。哪怕翻的是火焰山，过的是充满玄奥的百慕大，你也会毫不犹豫。

一个爱字，真是包含了太多的学问和奥秘，千百年来，更是无人能解。

爱是什么？

一千个人心中有一千个哈姆雷特。爱也一样，一千个人心中，便有一千个不同的答案。这就是所谓的"横看成岭侧成峰，远近高低各不同"吧！

对于感情的世界，从不同的理解和认知出发，就会给出不同的答案，真的没有统一标准。

《诗经·王风·采葛》里说：彼采葛兮，一日不见，如三月兮。彼采萧兮，一日不见，如三秋兮。彼采艾兮，一日不见，如三岁兮。

这是思念的一种表现形式，如若是爱情，一定是一种延绵不绝的爱，爱到自己的世界里满满都是对方，时时刻刻都是能溢出胸怀的思念。

北宋诗人张先说："天不老，情难绝。心似双丝网，中有千千结。"这倒不失对情爱那剪不断、理还乱的意向最生动的描述了。可不正是如此吗？爱一个人，一定会有心如一团乱麻的时候，一定会有芭蕉不展丁香结的愁绪。

元好问说："问世间情为何物？只教人生死相许。"

这是爱，是一种悲凉而悲壮的爱，爱得没了所有的一切；但同时也是一份极其自我，孤立无援，甚至有点自私的爱。

你考虑的只是你自己的感受，心心念念都是你的至情至爱，一心表达的都是对爱人的情义。你可曾想过，很多时候，你活着不只是为自己，还有亲人、朋友。你可曾替他们想过？倘若你真如祝英台般化蝶而去，那些关爱你的人又如何自处呢？

纵观这千姿百态的爱，以及这千变万化爱的表现形式，结论只有一个：这都是爱，都是爱的一种表现形式。

不同的人生，不同的成长背景，不同的价值观和阅历，必然导致对爱的不同认知和需求。

特别羡慕电视剧《美人心计》里窦漪房与刘恒之间的爱情故事。窦漪房又叫窦云汐，本是吕后派去代国刘恒身边的细作，可是他们却相爱了。

在那个风云诡异的政治旋涡中，在那个权力至上的皇室里，稍不留神便是万丈深渊的粉身碎骨，万劫不复的血流成河，人头落地的生死相搏。

可是刘恒爱上了窦漪房，他便信她。那样的信任，要多大的胸怀？那可是押上了生与死的赌注啊！

刘恒甚至亲眼看到窦漪房放飞了去往吕后那里的信鸽，下属都进言刘恒，叫他防着她。可刘恒思虑再三，并没有过问此事，依然信她，信那个叫窦漪房的女子。因为他知道她爱他，便不会害他。试问在那样的利害面前，在生死抉择面前，有几人能做到那样的信任？

而窦漪房呢？也的确是一个聪慧而令人钦佩的奇女子。她一面尽力应付着生性多疑的吕后，一面小心翼翼而充满智慧地维护着刘恒。那是她至爱的男子啊！他信她，她便不负他的信任，不负他的真心。

她懂他的宏远，懂他的理想，懂他的人品和追求，这还不够吗？

一个女子，一生能遇到这样一个男子，那是几辈子修来的福气？而一个男子，能遇到这样一个女子，那又岂止是幸运？简直是重生，那就是他的第二次生命，能够激发他男子气概奋力拼搏的第二次生命。所以最后刘恒才能成就更大的事业，才能成功登上权力的巅峰。

最喜欢汉代诗人佚名的那句："结发为夫妻，恩爱两不疑"。相爱不相疑，恐怕是爱情里最高，也最难的境界了吧？

可在生活里，总有一些相爱的恋人，经常会自私狭隘地站在自己的角度去思考问题。很多本身美好而温暖的感情，也会因为一次次无可理喻的怀疑和吵闹而逐渐发生变化，导致最终忍无可忍的分崩离析。只是怀疑者自己还理直气壮地说：因为在意，所以吃醋；因为喜欢，所以你要听我的；你爱我，你便不能跟我意见相左。

你听，这是多么可笑的理由？又是多么强盗的逻辑？充其量这些人更爱的，只是自己罢了。因为在这份感情里面，他们所思所想的只是如何去约束恋人，如何去改变她们，如何让对方按照自己的意愿和理想去活。

每个人在没有相爱之前，都有自己的生活方式，都有自己的成长经历，都有自己对事物的认识和理解，都是一个独立的个体。

最好的爱情是遇到了你，我会努力使自己变得更好；爱上了你，我会用一颗真诚的心去理解，去包容。但你还是你，我还是我，如果你愿意为了我而变得更好，那么我支持你，鼓励你；如果你不愿与我一起成长进步，你亦可以做最真实的自己，只是差距一定不要太大，因为我害怕有一天，你会因为我的出色而自卑，从而没了同行的勇气。

如果真爱一个人，就给对方自由吧，不要时时去怀疑他，那么同样对方也会信任你，感激你。在一份美好的爱情里面，用自身的优点照亮爱人前进的道路，成为爱人自觉学习的榜样，两个人一起在光阴里同修同进，那才是爱情长长久久的奥秘。

结发为夫妻，世事本不易，若想爱长久，相爱两不疑。

第六章

君带墨香来

　　喜欢静，所以也喜欢墨，喜欢闻它那清新且浓郁的幽香。

　　在我看来，墨是静的。不止因为它的黑和深沉，还因为书法，因为它流淌在宣纸上时，那种黑白分明的静笃气场。无论内心多么狂野，只要倾注于笔端，必然是凝神静气，必然是气贯长虹式的一呵而就。就算是龙飞凤舞的草书，也要静心提了气，方能写出笔走龙蛇的气势。若心气浮躁了，字便像在纸上飘着似的，也似一片没有根的浮萍，还如没了骨骼的幽魂，根本不能与纸合二为一。

　　当然，如果是楷书，那就更见修为和功底。一笔一画，一撇一捺之间，都是倾注于心的真气，像练拳击时扎的马步，也像是比武开始前的气运丹田，那是四平八稳的桩基。

　　以前陪孩子去练书法，一时起意，自己也跟着练了几天。

老师说要逆锋起笔，运笔要舒缓平稳，收笔要藏锋。练着练着，到底还是静不下来，看着那些心浮气躁的字，感觉简直就是东倒西歪的醉汉，又像是一夜风雨里，田间那些扎根不稳倾斜歪倒的庄稼，自己都忍俊不禁了，然后果断放弃。不过那个叫壹画的书画工作室我倒是很喜欢，每周孩子练字，我便窝在阅览区的榻榻米上翻阅一些书籍。常常就那样静静地闻着满室的墨香，一坐便是一个下午，只觉得那样的时光又美又妙曼。

一日寻到几册《终南隐士》，很快便被那文字里的世界吸引了。其中有这样一段文字："心无所住，染法不生。对境无著，苦乐无根。一念动时，成生灭因。了悟无常，得自在身。"刹那觉得身心通泰。

你看，只简简单单的三十二个字，便把尘世一切的纷扰都解释清楚了。微微闭了眼睛，静心做了一个深呼吸，书本上的墨香和空气里的墨香已全然一体了，一切都显得那样美。又找到一本写王维辋川别居的文字，那文字也似王维的诗，字里行间既有散淡悠远的田园风光，还有令人反复咀嚼领悟的禅境，我不胜欣喜地轻声诵读着，只沉浸在那样的世界里忘了所有。

后来待我读得倦了，放下书本起身活动时，两个暂时没课的老师告诉我，她们一直在听我朗诵，还偷偷给我拍了照片。她们指着照片上的我说，你看，那样认真的你真美。后来我发了朋友圈，记录下我真实生活的点滴。

那真是一个清静无染的下午，所有的情愫都氤氲在袅袅的墨香里。

　　童年在老家的时候，弟弟倒是写得一手清秀的好字，关键是他对书法很有悟性，算是无师自通吧。每次看到有写得漂亮的字，他便用心揣摩，回家后拿毛笔沾了水，在水泥地板上反复地练习着。

　　没过两年，乡亲们便知道弟弟字写得好。每到过年前夕，常有人拿了香烟来请弟弟写春联。父亲摆摆手，烟就免了，字嘛，只要你觉得贴得出去，那就让孩子写吧。弟弟倒真不怯场，裁好红纸后，通常我会在一边打下手，压个纸张，或是添点墨什么的。看着一个个端庄圆润飘着墨香的字，在弟弟笔下源源不断地流出，真是非常羡慕。总觉得那字，不是他写出来的，而是狼毫到了他的手里，就变成自动的了。

　　后来认识一位北京的书法老师，自幼便研习书法，不管是楷书、草书、行书，还是隶书，都是手到擒来，自带风韵。看他写字，是一种唯美的享受，那些体态各异的字，在他的笔下只有俯首称臣的份。后来看到一个词叫人书俱老，顷刻便想到了他，感觉那个词就是在写他。

　　他曾给我写过一幅字，至今仍悉心收藏着，特别有纪念意义。

　　那是我的第一首词作，《虞美人》的词牌名。当时写完感觉还不错，知他精通文墨，便随手短信发给他评鉴。发完没见他的回复，后来便忘了。没想过了一段时间，收到他从北京寄来的快递，打开一看，是一幅四尺卷轴装裱好的书法作品。再仔细一看，竟然是自己的词作，那种惊喜和感动，当时真不知道用何种语言形容，顷刻只剩泪眼迷离的朦胧了。

　　去年结识一位年轻的书画老师，那是临近春节的时候，由朋友引荐，初次去他的工作室时，便生出很多惊喜。

他给自己的工作室取名叫宽肚，我想这当是他为人处世的准则吧，也与书法的习性是相通的。一个好的书画家，不仅要有丰富的知识和阅历，还要有包罗万象的心胸和气度，只有取百家之长，方能成一家之言。

不过我最喜欢的，还是他对自己工作室别具一格的布置。写字的书案上，一大束风干的芦苇，随意地插在一个陶罐里。芦苇很茂盛，那狂野的姿态不像是室内的静物，倒像是恣意摇曳在无垠的旷野里，像是冬天被自然风干的枯苇，但又不失生命的凛冽之气。

而更让我欢喜的，是他室内的小花圃。藤类植物和小型灌木相杂，以不开花的居多，一层层垒起来，就那样随意地摆在客厅中央，像一座天然的绿色屏风；但于自然随意里，却又透着设计者的别具匠心。紧挨着小花圃的，是一张古朴粗犷的木质大茶桌。我看着那些生机盎然，苍翠欲滴的茂盛植物笑着向他取经，他幽默地玩笑着，植物都喜欢我罢了。

整个下午，太阳暖暖地照着，室内是一片温馨的宁静，我们一边喝茶，一边各抒己见地表达着自己对某一事物的看法，只觉得那样的时光又美又生动。空气里氤氲着三体合一的清气：茶香清雅幽静，墨香清郁悠远，花草香清新质朴。它们的确都各自存在着，却又有一些习性上的共融，也像是追求美好的我们吗？虽然各有各的情趣，各有各的爱好，各有各的追求，但却又都是奋力向上而不流俗的人，这也许就是同类的气息吧！

从十九楼的临街窗户朝下看，底下是车水马龙的热闹喧嚣，再看看室内这苍翠饱满的幽静之气，不由得感慨万千。人说大隐隐于市，只要心有净土，只需要一所房子，便能隔出不一样的水月洞天，隔出此中有真意的人生追求，这又何尝不是另外一种幸福？

告辞的时候，他送了我一幅字，是一个艺术体的福字。他说这是初次见面的礼物，新年送福，过春节的时候可以贴在门上。可至今我仍没舍得贴，我怕那些雅致的墨香在时光的风化下会逐渐淡化，那样的美好和祝福理应珍藏，所以还是悉心收着的好。

古往今来，我最喜欢的书法家不是颜真卿，也不是王羲之，而是宋徽宗赵佶独具一格的瘦金体。

虽然提起宋徽宗，也许更多的是骂名，毕竟做为一个牵系着万民福祉的皇帝，他不止失败，甚至算得上是软弱无能。

可是他的字，他的画，却是百世流芳的。当然我喜欢他的字，不是因为他的流芳，而是因为他的与众不同。

后人对瘦金体特点的概括是：天骨遒美，逸趣蔼然。

我觉得他的字像竹，虽然纤细俊秀，却又骨质奇清；看似瘦骨嶙峋，但仔细品味挖掘，又似锋利无比的瑞士军刀，也似竹笋中那一抹淡淡的肉味；或者更像武侠小说里，张翠山手里那令谢逊都甘拜下风的铁画银钩般的判官笔，一笔一画都是暗藏的内力。

是心有丘壑的成竹在胸，是气定神闲的稳操胜券，是君临天下的冷眼傲视，更是临风而立的独自清舞，亦或是他自娱自乐的一支洞箫。

可是这只是他的字，如果他不是皇帝，只是一个富贵人家的闲散公子，那又当是另外一段香艳旖旎的才子佳话吧？可是人生不能改写，人的使命不能改写，历史更不能。很多人喜欢说字如其人，只是他的字和他的人格，实在是截然不同的两回事。

幸好喜欢和成就，也是截然不同的两件事情，就像我喜欢书法，字却写得很一般。虽然见到字写得好的人，也会羡慕，也会羞愧，但到底还是静不下心来。

那就静静地喜欢着，远远地欣赏着吧！

第七章

相看两不厌

如果是爱情婚姻里的"相看两不厌"，那该是多么温暖绵长的情愫啊！别说拥有这样的生活，光是这几个字给人的感觉，想想都特别美。

像一位青春明媚的漂亮女子，站在一棵开满鲜花的树下，她对着那花树凝眸浅笑。那时，一定是她和那树之间的相看两不厌吧？这时的她，在游客的眼中，也是一棵开满鲜花的树，她和树一起，都成了游客眼中不可多得的美景。

在古诗词里，"相看两不厌"这句话表达的是一种孤独而忧伤的寄托，原本是李白政治理想不能实现，满腔抱负不能施展，在游历山水之时到了敬亭山后，看着敬亭山的秀丽风光，因孤独忧伤而发的一时感怀之作。

如果把"相看两不厌"这句话放到生活里来解读，有一种相依为命，相互依靠的温暖情愫在缓缓流淌。你看着我，我看着你，好像永远也看不够似的，彼此之间永远也不会生厌，这样的感觉多好啊！

生活里，谁是与你相看两不厌的那个人？谁又是你心头永远也不会生厌的牵挂和惦念？

女儿才出生时，我特别喜欢看她那张粉嫩粉嫩的小脸。她睡着了，我常常搬把小椅子，双手托腮坐在她的床前，用心注视着她的一举一动，心里满满都是温暖和幸福，只觉得永远也看不够似的。你看，她的睫毛那么长，小脸那么粉嫩可爱，有时候她做梦了，还会在梦里发出咯咯的笑声，然后我轻轻刮着她的小鼻子陪着她一起微笑。

大一些的时候，她倒学会逗我玩了。

每次她睡醒了，偷偷看我一眼，然后躺在那里一动不动的继续佯睡。起初我不知道，后来发现她虽然闭着眼睛，但是眼皮底下的眼珠子会转，睫毛一抖一抖的，我便知道她又在跟我做游戏了。我蹑手蹑脚地走过去，轻轻把手伸到她的胳膊底下稍稍挠两下，她便会忍不住地咯咯大笑起来，然后大声喊痒痒。

有时她睡醒了，我没能及时发现，她并不叫我，只是偷偷地瞪大眼睛看我。等我看她时，她会迅速地闭上眼睛，装作没醒来的样子，只是嘴角总会淡淡地挂着一抹微笑。

到底是孩子，那样天真可爱的小心思，总是藏也藏不住的。

从她出生至今，这样的游戏在我们之间，总是乐此不疲，这就是我与女儿的相看两不厌吧。

一次在一个宴会上，遇到一位身份地位颇高的中年男子，大概五十多岁的样子。席间又有女子，好一派其乐融融的景象。大家闲聊的话题很自然地说到女士的漂亮上面，况且席间美女也不少，然后便开始聊哪里的女子生得漂亮，本也是一个司空见惯的话题。

然后话题就说到那男子妻子的家乡了。

那男子非常自豪地对大家说，再多的美女，也不如我太太漂亮，我可是娶了那里的一枝花，说完一脸幸福的满足和陶醉。

后来那男子有事，提前退席走了。一个知道内情的男士撇撇嘴说，我在那里工作生活了数十载，怎么就没发现那里有什么花呢？那地方，也能生出花来？

大家便会心地笑笑。

后来我了解过那个地方，便知道这既是真话，但同时也是一句玩笑话。

不过了解了之后，我却更感动了。

这样的男子真是难得，结婚几十年了，人前人后，都不忘告诉别人，告诉自己，那个当初与自己结发的女子，就是他眼中最美的一朵花。

试想已过中年，哪个女人还能经受得住岁月的洗礼，还能保持着当初的容颜？就算当初的确是一朵娇艳欲滴的花，只怕现如今也是临近迟暮的霜花了吧？然而她在他的眼里，却依然是初见时的模样。人人都说情人眼里出西施，也只有心中有情，才能有如此这般的感觉吧？

都说男子最是喜新厌旧的，然而这样的相看不相厌，真是让人羡慕。如若那女子知道年过半百之后，她的丈夫仍能如此在人前公开大方地赞誉自己，不知道她会不会感动得热泪盈眶。

曾看到一则新闻，一对刚刚举行过婚礼的夫妻，在第二天一觉醒来，丈夫非要闹着跟新婚妻子离婚。

而他提出的离婚理由是，与妻子自相识以来，妻子每次与他见面约会都化着漂亮而精致的美妆，他从来没见过妻子素面朝天的样子。如今一觉醒来，看到妻子没有上过妆的样子，与之前那个他脑海里的人简直是天壤之别。面对这个素颜丑陋的妻子，他感觉到非常陌生，感觉到妻子一直在骗自己，所以他不能接受，便非要闹着离婚。

乍看这则新闻，丈夫貌似有点无理取闹的成分，但同时也让我们明白：在爱人面前，不能因为害怕失去，而总是去展现自己最完美的一面。只有对方见过你最丑的样子，看过你狼狈不堪的尴尬，见证过你失魂落魄的潦倒之后，还愿意娶你或者嫁你，那才是一生一世的天长地久，才是相看两不厌的绵长情意。

两个人在一起，不是短暂的三日五日，也不是有限的三年五载，而是要一起走过漫长而飘摇的一生，那是日日相伴相守的朝夕相对，天天见面的耳鬓厮磨，风雨同舟的一生共济，你又能藏多久？

如果总是只展现那个最好，最优雅的你，除非你能隐藏一生，优雅一生。否则等到某日对方看到了真实的你，发现了那个并不完美，也许还有些邋遢的你，一定会大失所望。而你想要的幸福，最终也会以不幸收场，就像这则新闻里的闹剧一样。

只有经历过坦诚相对后，两个人还能不嫌弃对方，你看见的仍然是对方的好，他的不好和缺点你都可以包容，这样才能真正做到相看两不厌。

不管这尘世的烟火如何缭绕，如果此生还能遇到一个看到了你所有的缺点和不足，依然愿意陪伴你朝前走的人，那一定是真心爱你的。

就算有一天，你老了，头发全都白了，牙齿也掉光了，甚至睡觉还打很响的呼噜，可她依然会一脸笑意地看着你。而你每天睡醒后睁开眼睛一看，这个满脸像核桃皮一样的老太婆依然还在身边，你会感觉到莫名的心安，然后露出满足而温暖的笑容。

你说，"亲爱的，有你真好！"

而她呢，依然会抿着嘴对你浅笑，尽管那笑容只是一朵颓败的菊花，尽管你面前的这个人已是满头银发。可是只要是她，只要是你，只要是你们，又有什么关系呢？

如此一生的相看两不厌，多好！

第八章

云想衣裳花想容

女人的衣橱，永远都会缺少一件衣服，说这句话的人，真是女人最贴心的知音。很多女人简直会为这句话拍案叫绝了，这就是女人最体己的闺蜜嘛。不然怎么能这么精准，一语就洞穿了女人的心思？

哪个女人又不是如此这般呢？

平时无论心情好坏，对于选购衣物这件事情，女人总会表现出极大的热情。看到漂亮的衣服，她们便忍不住内心欢喜，两眼发光，好像觉得只要自己一穿上，瞬间就能倾国倾城了。因此常常会抵不住诱惑，抵不住对美的追求，明明衣橱里琳琅满目，却还要一件件的买回来。

女人们经常在刚刚换季时，便觉得自己没有衣服穿，总觉得少了一件能组合搭配的、能衬托得自己更加婀娜多姿的衣服，于是还是要买。新衣服就这样一件件地添进来了，也许衣橱里还挂着很多不曾摘掉标签的衣服。

可她们通常会善意地说服自己，那只是前段时间买的，上次买的。你看，已经旧了；这花色，这款式已经过时了。

于是，你会发现女人又开始呼朋引伴，像燕子一样穿行于各大购物场所了。

你看，这就是女人。女人的衣服，从来都是旧不如新，新不如更新。想更新了，那只能再买。

于是一家一家地逛，一件一件地试；一个个在穿衣镜前扭动着，照着比着，花枝招展着，衣袂飘飘着。一次次地享受着服装销售员的赞誉，一次次得到同伴的肯定和认可，可她们还是不满意，好像哪一件衣服都能增添自己几分美艳，但哪一件却又都不是那么完美，不那么恰到好处。不是嫌肥了腰身，便是嫌花色扎了眼，再不然就是款式与自己想象的有差异，于是继续穿大街，过小巷……

走呀走，逛呀逛，仿佛走上一天也不觉得疲倦似的，所以通常男士们最怕陪女士逛街。要不，怎么会有人玩笑地说，看一个男生对女生真不真心，请拿逛街考验他吧！如果能陪你逛上一天还没有任何怨言的，这样的男生才可以考虑嫁。当然这只是玩笑话，也不能完全当真，却又是此中有真意。

如此一天下来，常常累得骨头要散架了，可是女人只要一看到自己手里的"战利品"，那些累又算得了什么？其实最后被她们带回家的，也不过是那一眼便怦然心动的少数。

可是她们不甘心啊，好像不多转几圈，轻易带回家的衣服，便少了很多购物的乐趣，总有一种意犹未尽的感觉。这样的感觉也像是爱情，也像是人性吗？好像太容易得到的，人们往往都不懂得珍惜，更不会觉得珍贵。

在商店里试穿了还不算，回到家中，女人会一刻不缓地再次换上那些衣物，总想着要身边的男子再夸上几句。想必这样的体会，每个女子都有吧？

如花似玉的女人，自然是打扮得越美越好，毕竟是女为悦己者容嘛！你看，红花还需绿叶衬衬；如果女人是花，那么衣服就是衬着红花的叶，只有两者相得益彰的完美结合，才能完美地展现出一个女人的绝世风姿。要不李白在描写杨贵妃的美丽时，怎么会以云想衣裳花想容开篇呢？

真不知道那个叫作玉环的女子有多美，才能当得起诗仙李白这样高的赞誉。

李白这一句诗虽是虚写，然这七个字无一生僻难懂。都是简简单单，普普通通的常见字，只是经过他这一奇妙的组合，便刹那有了化腐朽为神奇的力量，诗里所表达的意象更是止不住让人拍案叫绝。

那还是诗吗？那分明就是一副意象万千的写意画呀！

只见一位倾国倾城的绝美女子，衣袂飘飘的立在风中。有人问，她美吗？美，真美呀！你听那诗里呀，那意境，那韵味，全都出来了。你听，连飘逸柔软的云彩都羡慕她的衣裳，连那美艳动人的花儿都渴慕她的容颜，能不美吗？可是到底有多美呢？那美是什么样子的？没人知道，只知道她的衣服比云彩还美，她的容颜比花儿还漂亮。至于美成什么样子的，只能靠自己去想象了，只能是一朵化作千万朵了。

这就是李白诗歌高超的艺术感染力，没有写实却又让你觉得很实，让你觉得自己仿佛看到了一切事物的真相；可真相是什么，却又只能是脑海中一个缥缈虚无的影子，让人永远都处在一种回味无穷的遐想当中。

不可否认，女人的美，的确与穿衣打扮有关。而穿衣又是一门博大精深的学问，它不仅考验着一个女子的审美情趣，更考验着一个女子对自身的认识和了解，对色彩搭配的敏锐度，还考验着女子的见识和阅历。

穿衣搭配，是一个女子各方面素养的综合体现。

会穿衣打扮的女人，即使只是花几十块钱从地摊上淘来的，也一样能穿出自己的品位和优雅；而碰到不会穿的女人，哪怕是几千几万的名牌在身上堆着，除了带给人浅薄庸俗之感外，便再也找不到其他的感觉了，更谈不上赏心悦目的美了。

认识一个朋友，她不止人生得美，衣品更是卓越雅致。

常常不过是三两百块钱的一件普通衣服，经过她一番巧妙的搭配之后，总能绽放别样的光彩。她走在街上，常常会有女人追着问："衣服在哪买的？真漂亮，一定很贵吧？"

她笑着说，"都是我随意搭的，不过是三两百块钱的小东西。"

但是没人信，大家都是一副不可思议的态度。

记得有一年夏天，我们一起去逛街，她在一家店里挑了一条黑色和一条柠檬黄的连衣裙，总共不过三百块钱。

恰巧晚上有一个宴会，她穿了那条黑色的大蝴蝶结卡腰的连衣裙，配了一个大红色的手包，一双银色的高跟鞋和一对银色的流苏耳环。很多人看到她的衣服，都围过来问："这衣服可真漂亮啊！你穿得可真好看，一定很贵吧？至少要好几千了吧？"

见人多，她没好意思细细回答，只礼貌的微笑回应着："你今晚也很美呀！"

我们对视一眼，然后偷偷地笑了。那样的品评，应该是对一个女子衣品最高的赞美了吧？

认识另外一女子，家境优越，穿在她身上的衣服，动辄成千上万，但是走在人群里，依然是最普通的，丝毫没有因为那些衣服的价值而显出她的独特品位来。

不可否认，名牌服装不管是在剪裁、做工、选料和细节设计上都要优于普通服饰，但关键还要看穿在谁的身上，怎么去穿，穿衣者本人的气质又如何。

民国时期，不止才女层出不穷，美女更是花团锦簇，而世人在品评那些杰出女性的同时，总不忘说说她们的衣着打扮，可见一个女性的衣品与她的气质韵味是密不可分的。对于穿衣这件事情，绝对不是越昂贵的越好，只有适合自己的，才是最好的。

这世间的女子，每个人都有自己独特的气质和风貌，每个人都是一个独立而特异的个体，怎样才能发挥自身的优势，怎样才能让一件件款式、颜色各异的衣饰，成为自己独特气质的代言人，的确需要我们认真的学习和琢磨。

也有人说，一个女人的气质才是女人这一生最美的衣服。对于美的追求，本身是一件仁者见仁，智者见智的事情，但无论如何的千差万别，一个女人的美，一定是由气质、容貌、仪态、服饰、谈吐等所构成的一个综合体，只有努力提高自身的综合素养，我们才能变得更美。

又是一年春好处，看着远方花团锦簇、绿柳成荫的明媚春色，何不穿上自己最喜欢的漂亮衣服，也做这大好春光里一朵美丽的花呢？

PART4

—

问情
·花开荼蘼
花事了

第一章

是风来看我了吗？

是风来看我了吗？多么浪漫，又多么忧伤的句子，那也曾是我们的青春吧？

你的记忆里，是否也刮过吹面不寒的杨柳风？那也是初恋的春风吧，吹着吹着，心便软了；吹着吹着，泪一层层就落下来了；吹着吹着，终归还是无可奈何花落去的感伤。

我们又能抓得住什么？

曾经那么热烈，那么浓艳，曾以为那是一段不老的传奇，到头来不过是一个人的地老天荒，不过是一阵风而已。

十八九岁的时候，曾读过一篇散文。这么多年过去了，作者和具体的文字都已忘记，很多往事也都随风飘散了，那本书更是不知去向，但那个场景却依然像一件风中的白衬衫，不停地在我的脑海里飘荡。

我不只永远记住了那个场景，也记住了那个少女的浪漫和忧伤。

在那个春天的黄昏，窗外下着沥沥的小雨，一位美丽的青春少女，静静地坐在房间里，满怀忐忑地等待着心上人的到来。

等呀等，还是不见心上人的踪影，少女的心底充满了惆怅，真是可恨春踪无觅处。

顽皮的风，像和满怀心事的少女捉迷藏一样，总是时不时地轻轻吹动虚掩的房门，房门便发出吱呀吱呀的声响。起初她知道那是风，便不予理会。可是久等恋人不至，等得时间长了，她的心也开始像窗外摇曳的风一样。到后来，门每响一次，她便跑到门口去看一次。一次次地憧憬着，又失望着；然而一次次地失望着，却仍然憧憬着……

你来过吗？是你托风来看我了吗？如果风不是你，那又是谁？

这是我看过那篇文字后写的一段话。

那撩人的爱情啊，更多的时候，可不就是风吗？看不见，也抓不住；又似看得见，也能摸得着。因为它总是那样撩人，只要微微地拂一拂，那少女的心里就一漾一漾的，顷刻之间便荡起了一圈又一圈的涟漪。

那不是风，又是什么？

江湖愈老心愈寒，越是经历了人间的种种况味，在千帆过尽之后，仍能保持那颗最热烈、最纯净的少女心，那才是最难得的。

很多时候，看似不经意的一阵风，却席卷了你的整个人生。而往往你刻意去等那阵风，却总是久等不至。

和闺蜜坐在月光下聊天，说起彼此的爱情，她说她曾经爱上一个像风一样的男子。

像风一样？你抓得住吗？看着温婉沉静的她，我有点不信，半开玩笑地揶揄着。

都说爱情的相遇，需要两个人有相似的气场。像闺蜜这样端庄淑婉的女子，遇到的也一定是沉稳敦厚的男子吧。如何会受得了风的神秘莫测，又如何经得起那样的飘摇动荡？

她笑笑，最后到底还是抓住了。

他向我求婚了，他说以后我们一起生活吧。因为一直以来，我那么懂他。我懂他的故作坚强和冷漠；我懂他的眼泪和欢笑；我更懂得像亲人一样的去包容他、理解他、呵护他。

可后来经过再三思考，我放弃了，只要我们真心爱过彼此就够了。那也是我人生里最美的一段时光，那些像金子一样闪光的日子，有我们的眼泪和欢笑，我们一起相互鼓舞着前进。他是我人生最美的锦上花，可是跟他一起生活，看着他总是跟风一样的奔走，我没有那个勇气。

说罢她抬起头，眼里已有了隐隐的泪光。

沉思了片刻，她接着说：风一样的男子，可以爱，但是如果成家的话，我怕我承受不了他的动荡和四处奔波。我只是一个简单的小女人，我喜欢稳妥的生活，我知道我那时爱他太多了，我怕他给了我一个童话，到最后我被赶出城堡。所以，我宁愿他永远是我世界里的风，只要他曾经爱过我，然后再把那一段时光永远的在心底封存，这就足够了。

月光照在她的脸上，像瓷一样的白。

我很想问她现在有没有后悔。可是就算后悔，也早就是回不去的昨日流水了，终归还是忍住没问。

那他现在如何？我有点好奇。

她说，过得还不错，但还是一个人，因为他是风。

我心里一凛。

一个人，要有多强大，才能像风一样四处流浪？难道老了也要四处流浪，也要像风一样自由吗？那生病受伤的时候呢？就不希望有人陪在身边照顾，难道他可以永远生活在风中吗？

也曾就这个问题问过一个独居多年的朋友，因为熟悉，所以并不算冒昧。

她沉默了很久，对我说，"没有人生来就喜欢孤独。但是，如果一个人在红尘里走得久了，也便习惯了。很多事，不用跟谁交代，晚归了便晚归了，自己懂得自己就好。如果碰到一个不懂你的人，整天鸡毛蒜皮地纠结着，相对于一个人的生活来说，那才是万劫不复的地狱。"

这是一个让我特别钦佩的女子，人生得极美，沉静娴雅。

自三十岁离婚后，便没有再婚。虽然一个人带着孩子，却把自己的生活过得风生水起。认识她的人都知道，这么久的独居生活，她的身边并没什么绯闻。每日不过工作、弹琴、作画、照顾孩子、打理花草。

不了解她的人常常叹息着说，这么好的女人，可惜了。你看她多不容易啊，一个人生活，还要养孩子，甚至还有一些好心人自以为是的给她张罗对象。

而她总是淡淡的一笑，不急，我现在这样一个人挺好的。

我知道她要什么，在经过那样一场刻骨铭心的失败婚姻之后，她更看重的只是自己了。

她曾对我说过，女人在三十岁以前，根本就不知道自己想要什么，有时候纯粹是为了结婚而结婚，而结婚的目的，更多的时候为的并不是自己，然而自己又不知道自己想要什么，稀里糊涂就结婚了。等真正知道自己想要什么时，一切都太迟了。

走到了今天，我很清楚自己想要什么，所以再也不肯将就了，哪怕就这样一个人到老，我觉得其实也没什么不好。至少我是自己的，我就是自己的春风，只要内心时刻洋溢着温暖，活得有生命的激情和热度，一个人又有什么关系呢？顶多不过是形只影单点，但是我有我的自由，我就是那自由的风啊！

我知道这样的她，在内心已站到了自我认知的高点。她不止懂得了自己，更懂得了如何去生活。

这一世，除非她愿意，不然再也没有人可以束缚她了。

有一天，我们聊天到很晚，然后送她回家。走到她家小区门口，她突然张开双臂，迎着风做奔跑的姿势。一边跑一边笑着对我说：你看，我也是风，是风来看我了。

不知道为什么，我却特别难过。

不知道是羡慕她的自由，还是悲凉她的孤单。

回去的路上，我就那样一个人在风中走呀走。或许真的是老了吧，我知道自己再也不可能是风了。

第二章

春风似来不曾来

很多年以来，一直保持着这个习惯：在春天回到故乡时，都会回到那个浸染了我太多记忆的老屋，静坐在悠长而空旷的老宅巷弄里，在黄昏私密而恬淡的时光里，聆听一段春风的细语。

彼时，我还只是一个绿树红花的青涩女子。总喜欢穿着那条纯白的真丝长裙，站在风中向远方眺望。尽管那裙子一点也不合身，甚至非常肥硕——准确地说，宽大得更像是一件袍子，可我却异常喜欢。

我们那时山村的孩子，有几个见过裙子？更不要说拥有了。

那是父亲送我的礼物，是两年未见的父亲从千里之外车水马龙的都市，一路颠簸带回深山的礼物。

两年没见，父亲想着我应该长高了，只是他没想到，我还是那般瘦弱。父亲内疚地摸着我的头说，"你真像一棵小豆苗！这样只能等等，再等两年，等你长高了再穿吧！"

我倔强地说，"不！"那个时候，我总固执地认为自己已经长大，神情里已有了怅然而忧伤的迷茫。

那可真是"为赋新词强说愁"的年纪。没人知道我的心事，更没人知道我这固执的坚持，只不过是源于对一个少年的爱慕。那就是青春岁月里的一缕春风，就那样徐徐地吹着，然后那洁白的裙裾便飘呀飘！那是一份春风似来未曾来的惆怅和欢喜，可那样缓慢而忐忑的时光，可真美！像母亲曾经教我做的绣花鞋垫，一针一针，绵密而细致。直到今天再翻开看时，依然美得惊天动地，美得花枝灿烂。

那个时候，我固执地认为：总有一天，我一定能够等到，等到那个令我感觉到春风拂面的少年。然后轻轻地牵了他的手，把一生的花事，圆满地铺展在花好月圆的岁月长河里，然后再陪着他，随着时光一起慢慢变老……

而后慢慢长大了才明白，那不过是一个少女最浪漫的遐想。人这一生总要兜兜转转，最后只能马不停蹄地错过。你曾经以为可以执手天涯的少年郎，日后只是他人房顶上的瓦上霜。而我们唯一能做的，便是选择假装淡然，在春风似来未曾来的自我勉励里蜗蜗前行。

人这一生，总在找寻那个似曾相识的自己，总是固执地拣尽寒枝不肯栖。为此我们不止错过了昨日，连今朝都会逐渐变得暗淡模糊……

又是一年春好处，古城的春天愈发地鲜活了。遥想着南边的故乡，想必此时更应该是一片花团锦簇、姹紫嫣红的生机盎然吧！那该又是怎样一段清新雅致的明媚春光啊！在又一个春风和煦的下午，终按捺不住想家的心情，便独自回了那个让我魂牵梦萦的小村庄。

再次有了想去老屋坐坐的打算，带了母亲自制的连翘茶，独自站在老屋的空巷里。空气里氤氲着的，不只是连翘的清香和苦涩，还有我极其熟悉的泥土芬芳。大朵大朵的流云从门前悠然自得地飘过，微凉的晚风更像一个活泼可爱的孩子，柔柔地拂过我的脸庞，然后再顽皮地撩起我的衣角，那些少年时似曾相识的欣喜和惆怅，瞬间便爬满心头……

泪滚滚而下。很多我以为一生都记不起来，久远到早已忘却的回忆，却像一场回放的老电影，一幕幕在脑海里闪呀闪！

恍惚间，我仿佛又回到了那些青春葱茏的岁月……

那年春天，我常常穿着那条长裙，站在幽深的巷弄里，只为了等待那个每天下午会准时经过小巷的翩翩少年。有穿堂的清风伴了盈盈的花香扑面而来，我的裙裾便在掠过的风里飞扬。好像自己的心就是被春风鼓起的帆，一点点地鼓胀，再充盈。

在时光的剪影里，曾经那些羞涩而茂密的情愫，也是冉冉盛开，是寂静凋零的一朵小花吗？那是一个少女流光溢彩的青涩情怀，有婉约而细小的惆怅，也有璀璨而盛大的嫣然。它们开得小心翼翼，却又开得不管不顾，像极了铺入水中的残阳，一半是瑟瑟而苍老的忧伤，一半却又是明媚而殷红的希望。

那时，我曾固执地认为，他一定懂得我的心事，他就是我要找的那个似曾相识的自己。要不然怎么每次经过，都会冲我微笑呢？那时我们都是桀骜孤高的少年，都有着生冷而倔强的眼神……

而后终于知道，这世界这人生，所有的似曾相识，只不过是自己一厢情愿的错觉。然后我们只能暗示自己，或许春风真的未曾来过，便在怅然若失里又开始了新的旅程和跋涉。

行走在这个薄凉的世界里，生活固然有五味杂陈的惆怅，但也会充斥着扑面而来的温暖和感动。像山谷里盈盈盛开着的野花，虽然一点也不热烈，一点也不惊艳，甚至少了春风拂面的惬意和诗意，却也有着自己的柔美和芬芳，有着自己的清新和明丽，足以鼓舞我们在跌宕起伏的人生中一路向前，再向前。

愈是尝遍了生活的种种况味，愈是历经了世事的磨难和辛酸，人会变得愈发的柔软。再也没有少年时期的孤傲和不可一世；再也不因与人意见相左而争得面红耳赤了；再也不会一言不和，瞬间便拉长一张脸给人看，我们很容易与那些鸡零狗碎的小事化干戈为玉帛。并不是颓靡了、放弃了，而是因为敬畏，所以慎言；因为懂得，所以沉默；因为经历，更愿包容。

更容易感动了，我只愿永远记住这尘世里点点滴滴的好，让所有的美都无声放大，然后再长成生命里生机盎然的绿树红花。而那些伤害和薄凉，一旦少了烦杂心绪的滋养，自然而然就会逐渐枯瘦和萎缩，终会在淡然一笑的宽容里随风飘逝。

你不在意，便没有人能伤到你；你不争，又有谁能与你争？

人生不似草木，没有年年复年年的秋凋春盛，只有不能循环的短暂一世，没必要总与坏的事物僵持。遭遇了坏的，坦然接受并迅速遗忘。用一杯水的纯澈和透明，去面对人生里的繁重复杂，那是生活的哲学。

生活就如同我们的房子，总要学会删繁就简，丢掉一些不必要的东西，房间看起来才会整洁干净。一辈子太长，记得太多，装得太多，舍不得的太多，那只是自寻烦恼，别让自己活成一辈子负累前行的蜗牛。

趟过尘世的千山万水，那个想象中能让我春风拂面的少年，终归只是一份美好而诗意的向往；那些回不去的曾经，也只能以一种春风似来未曾来的心态选择遗忘。不管是好的也罢，坏的也罢，它们都是我生命中不可多得的回忆。不管它们以何种姿态呈现，我愿它们都能成为供养我生命丰盈的小花，私密而芬芳着。

哪怕只是羞涩细碎，或许并不端庄秀丽，甚至还有些邪恶而薄凉……

如此，只要认真地开过就好，哪管它春风来与不来呢？

第三章

心悦君兮君不知

这几个字组合在一起，一听起来就像一个唯唯诺诺的小妇人，有楚楚可怜的委屈幽怨，也有不敢言语的谨小慎微。

这样的感觉，一定是暗恋吧？

那蓬勃茂盛的思绪，像极了春天疯狂蔓延的野草，瞬间便铺满了整个心田。

也只有在暗恋一个人的时候，才会这样有口难开，这样小心翼翼，这样的委曲求全。

这样的感觉，更像是夜深人静时，一个人的呢喃自语。你看，在人前你那样紧张地藏着捂着，多么辛苦，多么心酸啊！现在终于四下无人，只剩自己了，也只有这个时候，你才可以不必伪装，才可以轻松地吐一口气。压抑了一天的心事，终于不必躲躲藏藏地挤在心的犄角旮旯，终于可以透透气，晒晒太阳了。你终于可以充满柔情地叫他的名字，轻轻地告诉他，你有多爱他，其实你只是说给自己听，也只能自己听。

因为暗恋只是自己的心事，你不知道对方做何想，你不知道对方心里住着哪一路神仙。万一你和他，只是落花有意，流水无情呢？甚至连含情地看上对方一眼，你都不敢，要看也是偷偷地看。你一边假装着凝视远方，一边悄悄地让视线斜斜地飘过去，若恰巧撞上对方无意间掠过的视线，你便像做贼被人发现了一般，慌乱地猛然就低下了头，只不过脸蛋却宛若秋天里灿如红霞的柿子。

所以你只能是一个受了委屈，却不敢出声，不敢辩解的孩子。因为你害怕一张嘴就输了，而且输得很彻底。输到对方一个简单明了的拒绝，便像崩断了的琴弦，顷刻之间你所有的念想和希望都会化为乌有。

所以你不能冒险，只能在心底一遍遍地惆怅着：心悦君兮君不知；只能反复的在心里念叨着：心悦君兮君可知？

深爱一个人又不知对方心意如何时，你可以对所有的人谈笑风生，而唯独面对那个他时，紧张得连大气都不敢出，只能像死水一样的寂静沉默。唯有沉默才不至于露了馅，才不至于让他看穿你内心的万马奔腾。

"心悦君兮君不知"这句诗出自于先秦的《越人歌》，它的全文是：

今夕何夕兮，搴舟中流。

今日何日兮，得与王子同舟。

蒙羞被好兮，不訾诟耻。

心几烦而不绝兮，得知王子。

山有木兮木有枝，心悦君兮君不知。

相传在一个夕阳西下的黄昏，楚国王子鄂子皙泛舟在碧波荡漾的河中，一位年轻貌美的越国船娘爱慕他的气度，便用越语唱了一首悠扬婉转的歌。鄂君只觉得那歌声委婉动听，遗憾自己又听不懂，便请人用楚语翻译出来，没想到竟然是一首非常美丽的情诗。王子鄂子皙被诗里缠绵悱恻的情思打动了，便接受了她的心意，微笑着与她一同泛舟远行。

我想，唱《越人歌》的那位姑娘，也正是知道语言不通，鄂子皙听不懂，才能如此大胆大方地表达，如若对方是越国的王子，她肯定只能永远藏在内心，哪怕那一刻内心的情思翻涌成江面上滚滚的波涛，她也只能是幽居于心而守口如瓶了。

不过也幸好对面不是越国的王子，否则在历史的长河里，岂不又少了一段才子佳人的美妙佳话吗？

还记得大学快毕业时，室友们突发奇想，让每个人都讲讲自己初恋的故事作为留念。其中一个室友的暗恋故事，至今仍令我记忆犹新。

那是大一的时候，一次偶然的机会，我的室友邂逅了学生会主席，然后对他一见钟情。怎奈"名草"已经有主了，同时他的优秀耀眼也让她很自卑，她便只能将这份情思深深地藏在心底。

不过从此以后，她彻底脱胎换骨了。

出类拔萃的他，成了她的人生坐标，她仰望着他的背影，开始努力奋进。渐渐的，她自己也变得一天比一天耀眼起来。

当时有人意犹未尽地问她：马上毕业了，你不去跟他表白吗？

就算不在一起，让他知道也好啊。

她却幽幽地说，"不了。"

"有他在我心底的这几年，我每天感受到的都是奋进、温暖、力量和阳光，这就够了。其实走到现在，他知道与否，跟我不止没有关系，更没有任何实质的意义。若他没有女朋友，我肯定会去争取，可是他已经找到了自己的幸福，我只能默默地祝福他。

喜欢他，爱上他都只是我自己的事情，与他又有何干？何必让我的这份情义，无形中成了他的负担？

他给我的，这一生已经足够了。仰望他的背影努力奋进成长的时光，就当作我大学生涯里最美的纪念和回味。此生无论何时想起，都是我人生里最美的锦瑟华年，没有什么能比这种感觉更美好了。"

瞬间我们都沉默了，这样心悦君兮君不知的青涩故事，才最令人怦然心动。如若她真的去表白了，反而可能会失去那份绵长的回味。

其实很多时候，心里默默地放着一个人，让他成为你人生的一个坐标，又有什么不好呢？

在沈从文写给张兆和的情书里，最打动我的是这一段：

望到北平高空明蓝的天，使人只想下跪。你给我的影响恰如这天空，距离那么远，我日里望着，晚上做梦，总梦到生着翅膀，向上飞举，向上飞去，便看到许多星子，都成为你的眼睛了。

读着读着，眼里刹那便蒙上了湿湿的雾气，尽管沈从文一直在热烈地追求张兆和，但是这段文字却写出了不一样的高度和境界。

这字里行间隐透着的，不止是对她的爱，还有生命的激情和热烈，还有自我的奋发和飞扬。

这样的爱，才是鼓舞我们一路向前的原动力。其实很多时候，心里能住着一个人，让对方成为你人生的坐标，又有什么不好呢？

你看，人生这么长，有牵挂有回味，就再好不过了。那是一生最华丽的一块锦缎，也是遭遇薄凉时自我温暖的生命加热器，它能带我们越过很多自以为过不去的河流和山川。

心悦君兮君不知，其实就是一朵开在自己心底的幽静小花。虽然无人欣赏，也不招摇过市，但却因为一种暗自蓬勃的韧劲，一样可以美得生动而凛冽，像人生幽谷里徐徐伸展的一株幽兰，于无人问津里悠然自得地散发出清新而美好的纯真之气。尽管很多时候，那些清秀俊逸的幽兰只会自生自灭，可又有什么关系呢？

生命本应如此，生活本该如此，这些都不过是人生的一份经历和体验，是生命的清幽之气，也是独自芬芳妖娆的活力之泉；更是助我们攀登更高山峰的动力和勇气。

第四章

爱情是一场华丽的梦

古往今来，最错综复杂的，便数世间情事。

很多人爱恨情仇地纠缠了一生，虽然一直心中有爱，却一辈子都深陷在泥潭里挣扎，至死也没有学会如何去爱，像金庸笔下的李莫愁。

曾几何时，她也是一个美貌温柔的女子。只是造化弄人，所托非人，经历了一场撕心裂肺的情变，被一个所谓的正人君子辜负了满腔的柔情蜜意之后，心中的苦闷无处释放，在欲罢不能的痛苦挣扎里，演变成了一个杀人不眨眼的女魔头，从而一生都背上了沉重的十字架。

李莫愁出场时，就预示着日后故事里她必然是以悲剧收场的。不止有悲凉歌声的预警，还有她时常吟唱的"问世间，情为何物，直教人生死相许。"的苍凉悲壮诗句。走到生命的最后一刻，在绝情谷里葬身火海时，在烈焰熊熊的大火中，她仍凄凄厉厉地唱着这几句。这一曲绵长凄绝的《雁丘辞》，就是李莫愁一生的缩影。虽然表面看来，李莫愁就是一个悲剧人物，如果换一个角度去想，她又何尝不是幸福的？能有一个人永远的住在心中，令她一生都念念不忘，这样的一个人，又有多少人能有幸碰到？只是遗憾的是她虽然碰到了，却又失去了，她一生都沉浸在自己那个华丽的梦里不能自拔，而最终把生活演变成了悲剧，令人惋惜也惆怅。

李莫愁虽然只是金庸笔下虚构的一个人物，但现实生活中，这样爱要爱得刻骨铭心，恨也要恨得惊天动地的场景，也着实不少。经常会看到一些因情自杀，或它杀的悲剧案件，就是这种故事的翻版。

爱是什么？爱是幸福，是阳光，是温暖和希望。爱不是占有，更不是伤害和荒凉，只是很多人都不懂爱，常常打着爱情的名义去做一些与爱背道而驰的事情，然后还自欺欺人的认为自己爱得惊天动地，爱得悲壮热烈。其实只是他们在自我狭小的认知里，对爱情一种错误的解读罢了。

最令世人津津乐道的，莫过于李隆基和杨贵妃的爱情。

他宠她时，宠到六宫粉黛无颜色；宠到她的家族一人得到道，鸡犬升天。宠到失去了伦理道德，不顾了君臣礼节，没了皇帝的威仪。

她爱他，只是一个小女人对丈夫的心仪。所以她任性，嫉妒，吃醋。著名的京剧曲目《贵妃醉酒》，便把杨玉环这种小女人的情态表现得活灵活现，酣畅淋漓。

在她眼里，他不是君临天下的帝王，他只是她的丈夫，一个被她声声唤作三郎的男子。

他穷尽了自己权势下的一切，任她奢华、跋扈、华丽；他欢愉着她的嫉妒、吃醋、小女人的娇柔和任性。如果没有那场政治动乱，他和她当是这历史上最幸福的一对璧人吧？当是历史长河里最完美的爱情佳话吧？

可是安禄山带着他的铁骑来了，那就是她的催命符啊！

那个被她柔声唤作三郎的男子，在他的社稷江山面前，再也不能用手里的权力给她温柔的呵护了。在那样的形势所迫下，她最后只能成为政治权力的牺牲品，成为葬身在荒郊野外的一缕孤魂。

他们华美而盛大的情爱之梦，到底还是碎了，碎成了历史上一首凄美而斑驳的挽歌。

后来的后来，他虽苟活于世，却晚景凄凉。尽管兴庆宫内还在红烛高照，可多少个梧桐夜雨的空寂之夜，再也不是名花带笑看的恩爱、缠绵、旖旎了。她只能是他回忆里的美人如花隔云端，他只能在空阶到天明的辗转反侧里，一遍遍地回想着她昔日里梨花带雨的娇容，一缕缕地回味着恩爱时的点点滴滴。

或者更多的时候，在寂寥的漫漫长夜里，他会怀疑自己，那只是自己曾经一场华丽的梦吗？那个肤如凝脂的女子，那个媚态柔婉的玉环，只是梦里的洛神吗？

我最喜欢的爱情故事，要数《廊桥遗梦》里弗朗西斯卡和罗伯特之间那种绵长的爱情了。

她遇到他，太迟了。

在爱情里，有时候迟了一步，便是一生。

而爱情，很多时候常常是无厘头的，常常出现得毫无征兆。它任性而没有原则，更不会讲规矩和先来后到。它说来就来，像夏天时江南毫无征兆的雨，以至于很多人突然遭遇时，都会有措手不及的迷茫和困顿。

虽然弗朗西斯卡和罗伯特之间所发生的一切，从婚姻的角度来说那是不忠；但是于爱情来说，她们也没有错。

而最让人感动的是，他们爱了彼此一生，却并没有因为这份爱情去伤害其他人。这也是爱情的一种表现形式。我想，这场爱恋于他们，更是一醉不醒的美梦吧？

虽然整部影片温婉平和，没有悲伤的撕裂和令人揪心的反复纠缠，更没有令人心酸而悲痛欲绝的画面和场景，但却感人至深。

这样的情感，像细火慢炖的一锅浓汤。

起初无味，然而时间便是最好的调味剂。很多看似清汤寡水的日子，在不经意的细火慢炖里，滋味便愈发的醇厚了。到了最后，便成了一锅无与伦比的好汤，不止充满了无穷的回味，更会绵长生香地盘踞在每一个品味者的心间。

至今我还清楚地记得，看那场电影时的情景：那时我与很多素不相识的同学挤在积学堂的大礼堂里，两块钱一张的电影票。中间几次落泪，特别是罗伯特把项链挂在汽车的挡风玻璃前，一边开车，一边在滂沱的大雨里泪流满面的样子，至今仍是我脑海里挥之不去的画面。

很多年以后，看到"爱上你，却奈何情深缘浅"这句话时，我便想到了《廊桥遗梦》，想到了弗朗西斯卡和罗伯特。

经典永远是经典，那也是生活的部分还原。所以爱情，从来不是自私的拥有，如果真爱一个人，理应让对方幸福，更要努力让自己幸福。

人生这样短，不管是在梦里梦外，我们都要努力使自己幸福，使自己的爱人幸福，绝不辜负初见时的那份华美和艳丽。一份好的爱情，不止是华丽生香的，更是幸福绵长的。是两个人携手共进的红尘共暖，更是沉醉千年的一梦不醒。

再盛大，再华美的爱情，如果不能与幸福挂钩，那就当是一场华丽的梦吧。如果你在那场梦里感觉不到幸福，一定要快点从梦中醒来。无论现在多么悲凉，只要曾经相爱过，便没有拔刀相向的理由。如果有些梦只能是梦，那就把它永远放在梦里吧，只要曾经在梦中幸福过就足够了。

更不要因为一些现实的不能圆满而去悲愤，去伤害，去自残。

这世界只有一个你，再也没有什么能比你的快乐和幸福，来得更重要了。所有的伤害和不理智，最后的结果都只能自己承担，没有人能替代你。

尽管世界这么大，我相信每个人都会遭遇自己的爱情，遇到自己渴望在一起的那个人。如果此生有幸遇到，一定要学会客观地对待，好好地珍惜。因为时光不等人，更没有人会永远站在原地等你。

　　遇到他，你会不由自主地祈愿：纵世有繁花万千，我只愿是开在你心头的那朵，世世与你相伴相随；待世间繁花落尽，我会洗尽铅华素手调羹，与你相伴静看一世年华。

　　这样的爱情，就是你心头华丽而生香的一个梦吧？

　　就这样吧！你看春光如此静好，在爱情里，在梦里，在现实的琐碎里，让我们穿着爱的华丽外衣，努力地幸福着梦里的幸福，努力地感恩着拥有的点滴，甚至、哪怕、曾经只是一个华丽的梦而已……

　　那些坏的，统统都忘记吧。只有努力记取生命里所有的感动和温暖，此生我们才能不负华年，不负韶光；才能生活得幸福而充满希望。

第五章

七夕，又见七夕

七夕在有情人眼里，不只有着浪漫的寓意，更是情侣们借以狂欢和互诉衷肠的由头；然而七夕这个词，读起来却带了一份仓促的紧迫感。

有一种花叫夕颜，傍晚盛开，第二天早晨凋谢。百度词条里定位它的花语为：永远的爱，易碎易逝的美好，暮光中永不散去的容颜，生命中永不丢失的温暖。

七夕七夕，单是一个夕字本就叫人惆怅，再加上一个七来限制，仿佛就是一棵刚刚冒出地面的笋尖，生生被人拦腰折了一截，不免多了忧伤的缺憾。

每当一年一度七夕来临时，精明的商家们总会推陈出新地兜售着各类辅助表达爱意的道具，很多恋人便在欣欣然的向往里愉悦埋单。其实日子还是平常的日子，只不过因为多了一份牛郎织女的传说，便多了一层神秘和浪漫的情怀，就显得有所不同了。

女子借此可以向心爱的人撒娇，要礼物，要浪漫。她们一声声问，一声声叹，你到底爱不爱我呀，爱不爱我？如果爱，到底又有几分？而男子也可以由此向心爱的人表白，我爱你，我是真的爱你呀！

在相爱的时候，这样的情话纵使说上千遍万遍，也嫌不多。因那时，他们多么渴望深入另外一个个体的灵魂深处，多么渴望一个小小的我就能占领对方生命里全部的空隙，一心一意都是探寻的甜蜜。这里面是一个人内心最波澜壮阔的锦绣山河，一点一滴都藏了最真最深的情意。你看，这样充满烟火气息的日子，虽然俗气，但却俗得真实而可爱。哪一对相爱的情侣，不是在这样万般纠结地抵死缠绵里，反反复复地验证着那一个缥缈而虚无的承诺？

爱，爱吗？爱是什么？爱真的是一种形而上学的东西，既看不见，也摸不着。可它又真是一种美丽到蚀骨的事物，纤尘不染，凌空而出。这世间没有任何一个人可以跳出爱的包裹而特立存在。一旦缺了爱的温暖，生命便会如同一张苍白的纸，干巴巴的失了养分和内涵。

在这个七夕的夜晚，远眺着蓝蓝天幕上隔着银河遥遥相望的牛郎星、织女星。那些不停闪烁的星光，仿佛就是有情人之间相爱而不能相守，脉脉不得语的思念，既让人心碎，又让人沉醉。

这世间万般情缘，又有多少是恰恰你喜欢的人正喜欢着你？或者是两个相爱的人，此时此刻又正好相守在一起？

可纵然相爱不能相守，那又何妨？相对于现代快节奏的生活方式，以及很多人一日千里的爱情观，古人却要比我们勇敢和浪漫许多。

早在一千多年前，李之仪的《卜算子·我住长江头》便是这种浪漫和忠贞情怀的见证。要多么坚定而勇敢的人，才能坚守住我住长江头，君住长江尾，共饮一江水，日日思君不见君的爱恋？爱只是一种感觉，它必须依赖于俗世的红尘烟火才能落地生根；而这种不依赖任何载体而独立存在的柏拉图式的精神恋爱，就更显得难能可贵了。

言及七夕，人们自然而然联想到牛郎织女的爱情故事。然而我却想起了被编剧改编的《倾城之恋》里，范柳原和白流苏之间的对话："今夕何夕，遇此良人？"虽然只是剧情的编排，但那一刻，那一句台词便瞬间入了心。后来得知这句话原出自《绸缪》："绸缪束薪，三星在天，今夕何夕，见此良人"。据说春秋时期，婚俗嫁娶多在黄昏。那时夕阳刚刚落下，天将黑未黑，黑夜还未完全降临，几颗小星星淡淡地挂在天边，一切都笼罩在一片美好的霞光当中，既柔美又隐隐透着希望。而就在这样的背景下，新郎与新娘相见了，那该是一种怎样石破天惊的触动？

古人的情怀，我无从体会，但是自此那句话却成为绚烂于心的小花，自有着它的清幽与饱满。每次忆及此句，眼睛便会莫名地湿润，像极了茵茵的碧草里兀自盛开的一朵旱莲。那是张爱玲与胡兰成初见时说过的话吗？亦或是在我的心底，也曾经住过这样一个极力想要表白的对象？

年少的时候，你可曾那样用力去爱过一个人？爱到听到他的名字，瞬间便有一种心惊肉跳的悸动；亦或是提到与他姓名相关的字，内心深处刹那间能千回百转的烽烟四起？有时候，就连多看他一眼，呼吸里仿佛都带了温热的柔软；可是你却没有勇气开口询问一句：山有木兮木有枝，心悦君兮君可知？

当时光走过了很久，你可曾记得谁是你心底突然惊起的那一滩鸥，扑棱棱地便惊艳了一生的回忆？

其实情到深处，是守口如瓶、幽居于心的秘密。真是不可说呀，不可说。说得太多，只是一种廉价的讨取，反而让人看轻了一颗真爱的心。他若爱你，定会急不可耐地表达或者寻来，又何需你一遍遍的去寻、去问呢？

在爱情的世界里，并不是付出了真心就会换来相等的爱，更无公平可言。你爱他，那也只是你一个人的事情，就算你的世界铁马冰河的哗哗啦啦作响，与他又有何干？可是在爱情面前，人人却又都是贪婪的。

爱了，或许知道他也正爱着你，却还想要得更多一点，再多一些。

雪小婵说，在暮春的黄昏里遇到了爱情，我们只能把它安放于文字里，因为除了文字，它们别无去处。

你看，这是一种多么苍凉的体验啊！可很多时候，我们与另外一个臆想中的自己何时相遇，真的由不得我们。遇到了，已是暮春了，能怎么办呢？进退都是失据的选择，然后我们只能守口如瓶，幽居于心。

然后，泪流了又流，要怎么办呢？生活还得继续，我们还得活着，然后开始可以与所有人眉开眼笑，却唯独在面对那个他时，还没开口便已失了声，然后只能沉默，再然后便是形同陌路。

其实，那是一种硬生生的剥离，一种血肉模糊的残忍，可是能怎么办呢?

每一个人来到这世界，看似以一种野生的状态存在，其实我们都是背着壳的蜗牛。在情爱的世界里，随心所欲只能安放在偶尔的遐想里，相遇在暮春的时节，它们已经没有了生存的土壤，只能凋零。

但是如果爱了，请一定深爱，因为爱情最害怕的便是冷漠。冷漠是慢性毒药，一刀刀凌迟着真爱的心，那么痛，那么深!

这个七夕，愿天下的有情人都能用一腔真意，紧抱《诗经》里那些古老的誓言，去抵御让人胆战心惊的似水流年吧!

第六章

从此山水不相逢

友哽咽着，心有戚戚地跟我说："我跟他，到底还是桥归桥，路归路了；到底还是，从此山水不相逢了。"

说完这句话，友面如死灰，顷刻我们便跌进了回忆的怀抱。

我知道友和他之间的一切。曾经她们那么好，那么幸福甜蜜；她们的故事，像一部五彩斑斓的童话剧，也像九曲回肠的章回体小说。

情正浓时，友问自己，如何才能把那些浓情厚意的情分永久封存，而不至于让漫长的时光之火煎干了水分？

蕙质兰心的友，把那些感动得让人落泪的山盟海誓，一条条地写成蝇头小楷，再染几笔淡淡的写意画，便成了雅致沁心的书签。友曾献宝似的，对我捧出那些书签说："你看，我把它们都过了塑，这样那些美好便被我永远的封存在曾经的一刹那了。"

我笑她，怎么不学黛玉葬花呢？

真是一个痴情的女子，只是自古痴情多余恨。

爱正酣处，他和友一起邀请我吃饭。

那天吃火锅，席间友要去洗手间，他亦陪着友去。后来我们喝了酒，微醺时便去唱歌。友开心得像个孩子，他看着小女人状的友，一直温柔似水地笑着。那笑容像是春天田野里的油菜花，细碎温暖，绵密且不张扬。但却又有着他不自知的妖娆盛大和明媚。

在那一刻，看着他那种幸福陶醉的表情，我也被感染了。心想，就算一个人心是石头做的，恐怕也是要被融化的吧！

他收回目光，低眉浅笑着问我："你说我为何能如此爱她？爱到哪怕是一分钟，也不愿意跟她分离。"

我举杯祝福，他一饮而尽。

可是到底，他们还是散了，像一首飘落在风中的歌。

无论曾经多么悠扬婉转，清歌过岸，船到渡口，哪怕你还意犹未尽，只要对方决定提前退场，你们便再也不能一路同行了。

只能道一声各自珍重，然后曲终人散。

这一生太漫长，你还会有你的山高水长；他也有他的清秋岁月，真的没必要再在一段坏掉了的感情里沉沦绝望，那就从此山水不相逢吧！

所以这样决绝的态度，一定跟真情有染，跟深爱相关。

无缘走到一起，因为曾经深爱，所以绝不能做朋友。那怕是一丝一缕与之相似的气息，都能勾起无限的惆怅和忧伤，勾起触景伤情的黯然垂泪，所以只能忘却，只能永远相忘于江湖。

山水不相逢的决然，表面看来像利刃，是冷酷无情，铁石心肠；实则是对一份无力回天的感情最好的懂得和尊重。

不管当初有多亲昵，一旦不能继续再走下去，所有曾经熟悉的一切，从此都不能触及了。

不能再叫你们独有的称呼；不能再在伤心的时候，第一时间向他倾诉，获得他的安慰；更不能在快乐的时候，顷刻便把自己的喜欢与他分享。就连你看到他取得进步和成绩的时候，连表达一句祝福和一份喜悦，都显得是那样的艰难晦涩。

因为你不知道他怎么想，不知道他是否希望与你还有联络，更甚至以为只是你单方面在打扰他……

所有幽暗得说不出来的情愫和感觉，都只能愤懑于胸，郁结于肺。那种郁郁寡欢的吞噬，不是一般的残忍，倒是一刀斩了乱麻来得痛快。虽然一刀下去，当时痛苦不堪，但是因为无望，那伤口很快会愈合，顶多伤口长好了，只是见证曾经经历的一个伤疤而已。

那种藕断丝连的纠结，看似有情，实则最伤人。就像一丝看不见的线，在你的心头勒了一下，然后再一次次的反复着，也许表面不会流血，但会淤血，是郁结于内的暗伤。

所以到最后，你们只能成为彼此最熟悉的陌生人。与其总是看着对方的一点一滴在回味里自伤，倒真的不如勇敢的和过去挥别，自此他的一切都与你无关。

最欣赏那些一旦感情破裂，勇敢的与过去作别，决口不再提起曾经恋人毫厘的人。

影视圈里的分分合合，已是家常便饭一般司空见惯。明星的私生活，因为媒体的关注，很容易曝光在镁光灯下，本也无可厚非。但如果把自己的感情生活，演变成一场以丑为美的闹剧，更甚至为了达到某种商业炒作的目的，让自己的"粉丝"和局外人都成了免费的看客，那便真的不美了。

倒像是一场粉墨重彩的戏，唱的人以为博得了掌声，赚足了关注度；而看的人，无非是图个新鲜，时不时给点掌声，或者喝句倒彩。

如此而已，也仅此而已。

谁又能真正懂得你内心的痛苦酸涩？谁又能断得清你们的家长里短、是非曲直呢？俗话说，清官还难断家务事呢，更何况只是事不关己，高高挂起的看客而已？

秦汉和林青霞，不止在琼瑶的小说里上演着缠绵悱恻的爱情故事，在现实生活中两人也曾是一对郎情妾意的情侣，只是姻缘际会，林青霞最终嫁作他人妇。

百转千回之后，秦汉得知林青霞的婚讯后，流下两行清泪说："从此山水不相逢，莫道佳人长与短"。这样的恋情，无论中间经历了怎样的波折和痛苦，只这一句结束语，终究还是值得怀念和回味的。

还有王菲对待婚变的态度，也让人敬重。无论谁的过错，清冷而安静的接受婚变的现实后，对前任及过去的一切，守口如瓶，绝口不提。这既是对自己的尊重，也是对过去恋情和婚姻的尊重，更是对以后生活的尊重。因为懂得，所以慈悲；因为懂得，所以幽居于心。

其实你对前任的态度，更直接的反映了你的人品。很多恋人，在相恋时恨不得把心掏给对方；而一旦分崩离析，就把对方损得一文不值，这样的恋人最让人寒心，也最不齿。

最让人重伤的谣言，只会出自于一个貌似与你有某种关联的人。身边的朋友，曾经的恋人，或者只是一个浅浅见过几面的泛泛之交。只有那些似是而非的谣言传得最快，也最蛊惑人心。

它们会说，你看，那可是曾经他的……，一定是真的吧！

在这漫长的人生里，谁也不能保证自己一生只有一份恋情。如果不幸与曾经的恋人不能功德圆满，那么最负责任也最自尊的做法便是：从此山水不相逢，它日莫道彼此长与短。

感情没了，你还可以再有；婚姻破碎了，只是你们不适合生活在一起。千万别因为自己的片面言行和一时的悲愤，而把曾经的爱人践踏得犹如草芥，贬低得像洪水猛兽一般。任何对对方的贬低行为，都是对自己的侮辱，对曾经自己那颗真心的践踏。

与其充满仇恨的去诋毁、去贬低、去怨恨，倒不如努力完善自己，用心过好自己的生活，走好以后的路。

只有心怀感恩地去感谢对方曾经给予的点滴，你才能成长，哪怕曾经有的只是伤害，可它一样教会了你怎么去识别人性，怎么去避免再次受伤害。也只有如此，你的生活才能过得透亮，才能在以后的每一天里，喜悦如莲，才能感受到真正的快乐和幸福。

第七章

花开荼蘼花事了

荼蘼在我家乡，是一种长得泛滥到猖狂的植物。说它猖狂，实在有点压低了它那气势如虹、霸气外露的狂野。我之所以对它用了这样的形容词，不止因为它那清丽娟秀，随处可见，触目可及的身影；还因为它开花时节的架式和香气，无一不透着肆无忌惮的放肆和野性。

每年暮春初夏时分，一抬头便见它在崇山峻岭间妙曼生香地摇曳招展着；一低头，它还在山洼低谷间对你灿然微笑。更让人难为情的是，突然一阵微风拂来，那清新怡人的幽香，顽皮地钻得你的鼻孔，肺腑里全是那幽香了；如若没人倒好，你可以轻松地打个喷嚏；若是遇到人多的场合，你只能猛地转过身去，掩了口鼻把自己的动静减到最小；如若实在不能，只能面红耳赤地轻声自我解嘲着：这作死的荼蘼，真让人尴尬。

看到对荼蘼花语的解释，说荼蘼是春天开得最晚的花，一旦开到荼蘼，便是春天的结束。自此很多花便失去了美丽的身影，如烟尘飘过，透着无限的荒凉和忧伤，是绝望与颓废的象征。

这样令人心酸而苦涩的荼蘼，使我想到了晚年的李清照和她的第二段婚姻。

才华横溢的李清照，在晚年时可谓是晚景凄凉。用她自己的词来形容，就是凄凄惨惨戚戚。

在兵荒马乱之际，天作之合的丈夫赵明诚撒手人寰，李清照顿时陷入了孤立无助、悲苦交加的氛围之中。再加上疾病缠身，当时体贴有加、嘘寒问暖的张汝舟顺理成章地走进了她的生活。李清照也像荼蘼一样，对张汝舟热烈地绽开了自己的欢颜，期待着生命里再次的春暖花开。然而随着接触和对对方认识的加深，李清照才发现张汝舟并非良人，而且势利狡诈，随后便一纸诉状把他告上公堂。从而不止张汝舟身败名裂，使得她自己也进了牢狱，还受到当时社会舆论的非议和压制。

在那样的男权时代，一个妻子甚至不怕坐牢而告了自己的丈夫，那么清冽有骨、毅然决然的态度，古时的女子也只有李清照了吧？

那不正是春天里此花开尽更无花的荼蘼吗？一旦没了爱情，哪怕到最后就是凋零了，就是零落成泥碾作尘，也在所不惜。那种壮士断腕的魄力是那样的悲壮，同时也是那么的令人忧伤和绝望。

所以她只能独自守着窗口，这尘世怎么就生得这样的黑呢？

而如果用荼蘼开花时的盛大和热烈来形容一个人对爱情的不管不顾

呢？是不是又会是另外的一番景象呢？

对于爱情，花开荼蘼的确是伤感而无奈的惆怅；但如果是花开荼蘼花事了，则是一种美妙而芬芳的意境。是旁若无人的偏执，是不管不顾、无所索取的付出，更是爱情里一重难得的境界。

像是在秋天的风里，所有的莲花都随着雨打风吹去了，而唯独在池塘的中央，还有一枝粉莲孤单而又倔强地挺立着，它就那么凌空而起的高高举着，显得那么骄傲，那么与众不同。

也像是一个人独自在车水马龙的街市上吹着长箫，那时你的眼里心里，全都是你的箫声，你的乐谱，哪还在意他人的眼光与评论呢？更或许就是这物欲横流的尘世里，幽居在终南山上的隐士。所有的人都在得失之间兵荒马乱着，而花开荼蘼花事了的心境，只会忠于自己的理想和情怀，忠于自己的坚守和执念。

爱上了他，你就是荼蘼花了，不管不顾地开着，努力而拼命地热烈着，漫山遍野地放肆着。那时你就是那芬芳而灿烂的花朵，只需要爬上爱情树，拼命的招展妖娆着，深情地吟唱守望着，恣意的热烈繁华着。

你钟情的只是你的爱情，与他爱不爱你无关，与他真情假意无关，与他回应与否更无关。你只尽情地爱过这一季，哪管他是贫穷富有，哪顾他社会地位的高低，所有的一切，你统统都不在乎。

当然就更不会有那些瞻前顾后的思虑周全，前怕狼后怕虎的取舍衡量。那样的你，才是最强大的，也是最洒脱的，更是最不可战胜的。

像沈从文对张兆和的爱情。

那时的张兆和，可谓是中国公学里的名花一枝独自春。

她才貌双全，追求者可谓趋之若鹜，所谓窈窕淑女，君子好逑。她俏皮而自豪地给她的追求者排队，从青蛙王子队到癞蛤蟆队。可怜才华横溢的沈从文，却只能排到蛤蟆第十三号，可他依然没有放弃对张兆和的热烈追求。不管张兆和如何置之不理，他的情书仍然像雪片一样地飘到张兆和手中，甚至在假期里一路追到了张兆和的苏州老家，从而最终赢得了美人的芳心，抱得佳人归了。

张兆和最终能嫁给沈从文，究其主要原因，与沈从文那种热烈而坚持不懈的执着，不管不顾的态度有着莫大的关系。那时的沈从文，就是拼尽一切的荼蘼，也正因如此，他才是众多追求者当中，最终功德圆满的那个。

他对她说："我行过许多地方的桥，看过许多次数的云，喝过许多种类的酒，却只爱过一个正当最好年龄的人。"

你听，多么热烈而滚烫的句子，那也是他心中茂盛而又热烈的荼蘼花吧？每倾诉一句，吐出来的都是一朵迎风招展的荼蘼；他给她的情书一直写呀写，那些承载着他浓密情意的荼蘼花便开呀开……

一直开得漫山遍野，开到世人皆知，一开就开到了他的古稀之年，开到他生命的凋零之时。

到他七十多岁的时候，还把张兆和写给他的第一封信捂在胸口哭。尽管那个时候，他和她的感情，早已因为种种原因有了裂痕，可他心中的荼蘼之花，仍没有凋谢，仍旧独自灼灼地开着……

又是一年荼蘼花开之际，徜徉在家乡的碧水蓝天下，看着那一丛丛、一片片的荼蘼之花开得盛大而又璀璨，内心便充盈着暖暖的感动。

其实，在我眼中，不管荼蘼是凋零落寞的象征，还是执着的坚守，都是大自然里最有生气的植物。细细思来它更像我们人类，在春天时灼灼其华，到了秋天便硕果累累；在该开花的季节开花，该结果的季节结果，是什么季节就做什么季节的事情，这样充满人类的习性，怎不让人溢满感同身受的怜惜呢？

在面对一份不能相守的爱情时，每个人都曾是忧伤而绝望的荼蘼吗？那时，你可曾站在开满鲜花的树下，背对着他坚定而决然地说道："你看，这花已经开到荼蘼了，我们再见吧！"然后头也不回地大踏步朝前走去……

哪怕那些盛大而热烈的荼蘼，曾经席卷了你的整个青春。

你的泪，一串串地流了下来。为了曾经热烈而执着的荼蘼，也为了这已经凋谢的荼蘼。他是谁？是沈从文吗？或者她也是李清照？

其实我更希望，在每一份爱情里面，不管是男人还是女人，都能有一份花开荼蘼花事了的心境。只有那样无欲无求的爱情，才最生动，也最感人，那才是对人生最美最真的交代。

如果深爱一个人，你就抱着一份花开荼蘼花事了的心境去爱他吧！

哪怕他不爱你，不回应你，因为你不求他拿爱来回报于你，所以自然你会爱得幸福而满足。仅仅因为你爱他，无所求地爱着他，这就足够了。

　　直到有一天，你不再爱了，突然走到他面前，大声地对他说："嗨，我对你的爱情已经开到荼蘼花事了了。"然后眼里带着高傲的决绝和洒脱，不管他的诡异和惊愕，大踏步地朝前走！

第八章

此情可待成追忆

李商隐在《无题》里写道："此情可待成追忆，只是当时已惘然。"这一句诗里藏着诸多对花好月难圆，人生长恨水长东情事的忧伤和惋惜，藏着对生活、情感最深刻的洞悉和体悟。

它精确而犀利，像神秘的预言，也是深奥莫测的哲学。

这世间的情事，无论是爱情、婚姻，还是幸福，莫不如是。这世间有多少失败的恋情，存在着多少不能圆满的缺憾，大抵就有多少诸如此类的感叹，诸如此类的遗憾。

看柏拉图与恩师苏格拉底关于爱情的经典对话：

柏拉图："爱情是什么？"

苏格拉底请他穿过一片金黄的麦田，去采摘最大最黄的一枝麦穗，但不能走回头路。结果柏拉图最后空手而归，苏格拉底问他所为何故？

柏拉图说，"当看到又大又饱满的麦穗时，总以为前方还有更大更饱满的，所以不忍摘之。"结果等走完整片麦田，才发现最饱满的已经错过，只能空手而归。

苏格拉底颇有深意地感叹："你看，这就是爱情。"

青春年少的时候，常常不懂得珍惜，总以为我们会有很多很多的以后，殊不知每一次不经意的转身，都会是一生的缺憾。直到有一天突然明白，那没能珍惜的曾经才是心底最深的渴望，才是自己一直苦苦寻觅的真情，但到底还是失去了。

而唯有这种失去，才显得格外的忧伤和弥足的珍贵。然后我们只能追悔莫及地感叹着：人生若只如初见，何事秋风悲画扇？

你看，这就是此情可待成追忆。只是当时，真惘然。

曾听朋友讲起她村里一件真实的事情。

"那一年，她是一枝春花带笑看，而他也是俊朗如风的少年，他托人去说媒。

人生初见，可谓郎才女貌，他们彼此一见钟情。

他对她说：'你嫁给我吧，我会一生对你好的。'

她羞涩地低下了头，而后她成了他的妻。

新婚燕尔，处处都透着你侬我侬的缱绻情深。他觉得自己三生有幸，能娶到这么娇柔贤惠的女子为妻；她亦觉得自己幸运有加，嫁给这么一个体贴入微的男人。

但是很快，两人便在锅碗瓢盆叮当作响的柴米油盐酱醋茶里，多了鸡飞狗跳的争执。起初还是小吵小闹，而后日渐加剧，最后便演变成双方'寸土必争'的互不相让。

他开始怀疑自己所托非人，她亦觉得委屈。

他的脾气一天比一天暴躁，吵到最凶的时候，杯碗盘碟满院子飞。

他们甚至想到了要离婚。

有一天她从外边回来的时候，破例没接他扔过来的'语言炸弹'，而是眼睛红肿地做了一碗他最爱吃的油泼面，静静地放到他面前。

不知为什么，他看到她沉默无声的样子，心里竟然有些发慌。开始埋头卖力地吸溜着面条，他在用无声的语言告诉她，她做的面条很香，他爱吃。

她看着他狼吞虎咽吃面条的模样，突然鼻子一酸，哇的一口便哭出声来，而且是抑制不住的放声悲哭。

还是第一次看到她这样哭，他茫茫然而不知所措。看到她这个样子，他心里也酸酸的，竟然破天荒地强压下了心头突突朝上窜的怒火，柔声地问她到底怎么了。

真是晴天一个霹雳。

她去体检时，竟然查出得了肺癌；而肺癌一检查出来，基本上就到晚期了。

她觉得生活失去了希望，开始绝食。她一心只想求死，想少拖累他和孩子。

他给她道歉，跪下来求她，在他的苦苦哀求下，她终于有了求生的勇气。

以前从未碰过厨房一碗一碟的他，开始变花样地给她做好吃的，只为了她的营养能跟上，能有更多的力气去化疗、放疗；去和可怕的病魔做斗争。

他带着她四处求医。

北京、上海、新疆……

只要别人说治疗肺癌效果好的医院，他都带着她，千里迢迢地奔袭而去。亲朋好友都觉得他疯了，都说肺癌晚期，花多少钱都治不好，终归是竹篮打水一场空。

可他不听，他骂那些劝他的人，很快家里的积蓄花完了，他开始瞒着她四处借债。

白天要陪她就医，夜里还要安抚痛得睡不着的她，原本一百五六斤的壮汉，很快便清瘦如柴了。所有知道实情的人，都被他感染了，街坊邻居只要能帮得上忙的，也常常抽空过来搭把手。

可最终，她仅仅多活了三年，到底还是走了。

送葬那天，所有人看到瘦骨嶙峋的他，都不忍直视。大家含泪握着他的手说，我们都知道你尽了最大的努力，那是她的命，人死不能复生，你自己要坚强，要多保重身体。

可他却一声都不哭，只是微笑着反复告诉大家，她去天堂享福去了，所以我要笑着送她走。

只是送走了她后，当所有的一切都归于平静，他看着那座空落落的院子，便抱着她的照片失声痛哭。

他后悔她在时，脾气不好，没能好好待她……

尽管五年过去了，直到现在，他还是常常把自己锁在他们曾经一起生活的那座小院里。大家去看他，他逢人便说，这院子里有她的气息，她还常常来跟我说话，我经常会在梦里梦到她，然后便看着她的照片发呆……

大家都只能叹息地摇着头……"

这世间的情分，最让人扼腕的，便是阴阳相隔的两茫茫。所以拥有的时候，一定要好好珍惜；否则一旦失去，只能像他一样，对着永远也无法再现真容的照片，无限凄凉而忧伤地去追忆往昔。

人说，十年修得同船渡，百年修得共枕眠，能结为夫妻，需要多大的缘分？所以能走到一起，就应好好珍惜，切莫在失去后，再在懊恼悔恨中去感叹此情可待成追忆。那只能是于事无补的自我惩罚，改变不了任何结局，只能演变成一场令人心酸的悲剧。

也有一种追忆，是当时觉得分外珍贵而局限在狭小的认知当中，直到后来才发现，过分地保护竟也会导致与最美好人事的擦肩而过。

很多年前，一位颇有名气的老师送了我一幅画，因为深爱，所以一直舍不得挂出来。总害怕被时光染旧了，视若珍宝般压于箱子的底部。

等到一日，想挂了再取出来装裱时，竟然发现由于箱子底部受了潮，那画竟然生了绿色的霉斑。你看，那样小心翼翼地珍藏，到底还是旧了、黄了，甚至是毁了。

很长时间，心中都充满遗憾而悔恨的自责。

那些本想永远珍藏的美好，最终因为我过分谨慎，倒成了秋风过境后堆积于地的黄花了，一些恍若隔世的美好，只能在回忆里慢慢重温。

很多时候，你以为曾经会一生珍藏的情谊，然而到了最后，到底还是疏远了；甚至没有正式的告别，走着走着就散了。

很多还未说出口的话，只能自言自语地说给风听，或者说给自己听。

待到它日回味时，也不过是一声惆怅的叹息："真是此情可待成追忆呀！"

PART5

淬火·与最好的自己倾心相见

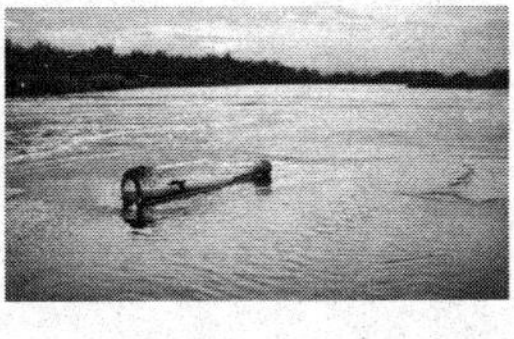

第一章

做一个内心丰盈的人

内心丰盈的人，不止活出了自己的淳朴，更活出了自己的气韵。

两个内心丰盈的人碰到了一处，就像喜悦遇到了欢愉，那眉眼里闪动的自是无边的春色。那种自然流露出来的欢喜，就是幼时烧柴火做饭时，灶膛里呼呼欢笑的火苗；也是噼里啪啦活蹦乱跳的火花，于无拘无束中透着令人心旷神怡的愉悦。

也是盛夏时节，两三岁孩童手里捧着的即将成熟的歪嘴巴桃。绿莹莹的桃身只衬着桃尖上的一点红，不知道是桃在对着孩子笑，还是孩子咧开嘴对着桃笑，但无论谁见了，都会莫名的喜上眉梢。

越是内心丰盈的人，越喜欢在世俗的烟火里低眉浅笑，越喜欢寂静无声的安静自处，越喜欢自我雕琢的不断超越。

内心丰盈也是生命里的一团清气。只有经历过岁月之火的焚烧，浸润了光阴的厚重之后，才更见凛然的风骨。

很多内心丰盈的女子，更像是经历了窑变之后的宋瓷。

虽然她们一点也不显山露水，可是在静默无声的韵味里，你从她们身上不只可以看到经过岁月洗礼的斑驳肌理，还能看到经过光阴浸泡后浑然天成的圆润。在她们温婉娴雅的静笃外表下，其实蕴藏着风起云涌的壮阔气势；尽管她们常常透着简洁明净的朴素，可一旦因为需要，她们一样可以变得五彩缤纷，变得华美绚丽。

这样内心丰盈的女子，是写意画里让人无法言语的意蕴；也是炎炎夏季里，自然氤氲在空气中的幽幽莲香；更是春天里无声攀爬在游人心头那些绿肥红瘦的妙曼景致，总是悄无声息的便让人动了容，倾了心。

随着年龄的增长，越来越感受到了母亲内心的强大和丰盈。

父亲走了，外婆也离开了母亲，我们姊妹又都远离家乡，独居的母亲却数十年如一日地保持着家里的原风貌，守着家乡的老传统，照常种地种菜，养花栽果。就连逢年过节时的那些风俗，一样也不拉下。

蒸包子、做菜豆腐、生黄豆芽、酿甘蔗酒、做大米醪糟……

甚至把日子过得比父亲在世时还敞亮，人也变得比以前开朗豁达了。

所有人都问，你一个人，还置办这么多做什么？你不累吗？

母亲笑笑，我喜欢这样的生活，哪怕只是一个人，我也要把自己活得充满烟火气息，而不是像荒郊野外里的一缕孤魂。

后来听邻居跟我说起这些时，眼睛瞬间便湿润了，默默的在心底为母亲鼓掌、点赞。很多时候，只有一颗分外丰盈的内心，才能支撑起你走过那些烟火缭乱的岁月。不管遭遇何种挫折，能解救你的，只有自己的坚硬和强大。

有段时间我身体不好，每天被病痛折磨得愁容满面。

适逢孩子暑假，便带女儿回故乡小住，一来陪陪母亲，二来顺便休养。

每天一睁眼，便对上母亲那满含喜悦的脸。尽管那张脸上已爬满了鱼尾纹，好像是开在秋霜里的菊花，但却有着秋高气爽的明媚和静朗，莫名的让人心安和温暖。

那段时间，每天月落乌啼时分，当缕缕炊烟在老屋的房顶上随风飘散时，已做好晚饭的母亲便倚着门槛，柔声呼唤着顽皮的孩子们。那些在田野里撒欢的孩子们，往往只在茂盛的草木丛里探出一个脑袋，冲母亲做个顽皮的鬼脸，然后再隐匿在青纱帐般的玉米地或草木丛里。

此时，母亲假装生气，实则眼里溢满的都是温暖而喜悦的霞光。

晚上，我们坐在空旷的夜幕下数星星。

久居城市的女儿总是幸福而兴奋地尖叫："姥姥，你看，这星星这么多，这么大，也这么亮！"

母亲会一边摸着女儿的头，一边咯咯地笑着："你看我们小丫的眼睛，才是最亮的星星呢！"

女儿用充满童音的声音附和着，"姥姥的眼睛也是星星。"

看着她们有趣的对话，感觉很多伤痛都在慢慢消散，内心便流淌着温润柔和的水。

常常就那样静默无声地眺望着远方的夜色，陪着她们一起在心底悄悄地数着星星。

恍惚间又回到了我的那些童年岁月，过去的一些片段像老电影一样，在眼前无声地回放着……

转过头，尽管小丫还在母亲怀里咯咯地笑着，但已开始有了倦乏的呵欠；等小丫睡熟了，我和母亲常常坐到深夜，直到露水打湿了身下的凉席……

生命就是一个周而复始轮回的过程，时间过得真快呀！转眼我的小丫都这么大了，母亲已经开始老了。那样娴静如水的日子，真是人间不可多得的好时光，只觉得既充盈，又幸福。以后每次再回想起那段时光，都觉得它们总是腾腾地冒着热气，不管以后我会走多远，那都是充盈于我生命的真气，那每一点曾经丰盈过我生命的养料，都会随着回忆一次次在我的心头鲜活而生香。

只有自己的内心丰盈了，再不堪的日子，也一样能活得热气腾腾；也只有时刻保持一颗充盈的心，才能感受到平淡生活里那些朴素而饱满的幸福。

也曾结识一个在岁月的打磨下，内心逐渐便得饱满充盈的男子。

年轻的时候，他像一匹烈马，不止生性不羁，甚至有点年少轻狂。认识他的人，都知道他的野性和不训。然而随着岁月的打磨，经历了一些尘世烟火的熏染，他开始退去那些毕露的锋芒，变得隐忍而含蓄。

如今的他，早在光阴的洗礼下，变成了一块散发着质朴光泽的玉。不止温润、内敛、剔透，而且自律、向上、奋进，笃静且又饱满。

现在所有认识他的人，都对他肃然起敬。

内心丰盈的人，活得更像一株植物。不管生活刀剑如何的相逼；也不管岁月里那些无情的野火是如何的汹汹焚烧，她们总能在春天来临的时候，以盎然的生机焕发出蓬勃茂盛的生命力。

这样的人，周身都会散发出饱满而笃定的气场。他们仿佛就是具有吸引力的磁铁，而一些磁场相近的人，便会不由自主地被他们吸引，向他们靠拢。

有些人就是这样，在年轻的时候内心还不够丰满，自然不知道自己真正需要什么，只有经过尘世里一些薄凉和伤害之后，反而在重重的打击面前变得坚韧了。更像一颗顽强的小草，无论经过多少踩踏和挤压，它们一样能从石头缝隙里挺直腰杆，对着春风尽情展露着自己的生机和新绿。

这样的人到了后来，都把自己活成了贴着自己标签的、独一无二的生活方式。他们的内心一旦有了强大而能量不息的气场，无论走到哪里，都会自带光芒。

那既是野渡无人舟自横的惬意和闲趣，也是独钓寒江雪的清幽和旷达，更是一蓑烟雨任平生的洒脱和率性。

就这样吧，剪一段春风，做一个内心丰盈的人。无论走到哪里，既使是一片枯木，只要有了丰盈内心的点染，有了丰盈真气的倾注，也会焕发出病树前头万木新的生机和嫩芽来。

第二章

一个人的山河岁月

一个人的山河岁月，乍读起来有些凄清，仿佛是冷的凉的；更像是一潭碧水里漂泊的青萍，随波逐流，无依无靠，任意东西，给人一种孤苦伶仃的感觉。其实不然，当你真正拥有了内心的安静和祥和时，这样的字眼便是悬岩峭壁上的一丛山花，有触目惊心的明艳，遗世独立的清幽，清癯冷峻的姿态和凛冽明媚的神韵。

很多心绪，非静笃不能抵达，比如说一个人内心的浩瀚与广袤。因为懂得，所以慈悲，静水流深的悠远和深邃，正是源于见识和阅历的宽广，所以才会有波澜不惊的平静。醉花阴里寻往昔，人生很多的好时光，也正是从真正拥有了笃定和从容开始。

他们有了自身的方向，无论行走在哪里，都会闪闪发光。

看似灯火辉煌，尘世喧嚣的人间种种，实则皆为表象。每个人来到这个世界，表面上总以一种热闹非凡，生机盎然的群聚状态呼朋引伴，然而待到灯火阑珊曲终人散时，安静地蜷缩回自己的世界后，每个人都是孑然一身、无所凭赖的独立个体。

也曾经在失意的时候，一遍遍地打着电话，寻求朋友的安慰。

可放下电话，依然会被孤独无助和失落包裹。慢慢的便学会了守口如瓶，幽居于心，绝口不提。

朋友、亲人、爱人貌似是我们抵御这薄凉尘世的一缕暖阳，可终究他们所能触及的，只是你所描叙的自己世界里极小的一部分。一个人真正愿意把自己的伤口撕给别人看，那需要莫大的勇气，而能够照亮我们内心的，终归只有自己。

哭了、累了、苦了、痛了，那也只是你独自的兵荒马乱，没有人能够真正代替你而存在，更没有人能够真正与你感同身受。你的五味杂陈，你的喜怒哀乐，最终只是你自己的事情，与别人何干？

你唯一能做的便是：把那些坏的情绪和遭遇统统忘掉，再把那些诱人而芬芳的好，放大成能够支撑起你一生的美妙乐章。也只有那些私密而芬芳的好，才会变成柔软而炫丽的丝线，它们会用看不见的针脚，密密地编织起你的锦绣人生。心理吸引法则告诉我们，相信什么，你便会拥有什么；也只有相信美好，你才能触目都是繁花似锦的秀丽山河。

三十多年的光阴里，看过了太多姹紫嫣红的风景，很多早已忘却，而至今仍然清晰而充满感慨地伫立于我灵魂深处的，便是那年华山上的桃花了。

　　桃花在我眼里，原本是妖艳浅薄的，因为它们太过热烈，太过招摇。太热烈的东西，往往给人一种短而急促的败落感，像烟花。仿佛前一刻还似一团燃烧的火焰，顷刻之后便是一片冰冷的海水，那样极致的反差，有种让人无所适从的绝望。

　　因此更喜欢凉的薄的东西，像玉，像瓷器。虽然表面上有一种淡淡的疏离，然而却是千锤百炼，历经时光淬火磨砺的结果，这样的凉才更显底蕴。因此纵然是凉的，却带着极致的魅惑，让人在不知不觉中生出许多的神往。

　　还记得我去华山时还是早春，山上的草木还没生长起来，在光秃秃的悬崖峭壁上，只有一些灿烂的桃花灼灼地盛开着，刹那把整座空寂的山都点亮了。那时的它们，在我心中就是拯救天下苍生的勇士。

　　那还是我曾经认识的桃花吗？还是那么粉艳粉艳、不知羞涩而极具风情的桃花吗？远眺着那些寸草不生的石壁，在那样背景的映衬和感染下，桃花的身上早没了艳荡低贱的靡靡风情，呈现更多的是一种生的使命和顽强不屈的精神。刹那便让我惊艳到了极致，从而也对桃花有了全新的认识。

　　那也是桃花它们自己的山河岁月吧！

　　这尘世里的每一种生命，看似毫无悬念地与其他个体保持着千丝万缕、密不可分的联系，实则是极其脆弱的。每一个生命都有自己的密码和符号，都有着自己的山河岁月和不为人知的秘密。有时看似走得近了，其实却又恰恰是离别的开始。有些貌似极其熟悉的人事，会突然以一种让你措手不及的面目呈现。你会惊讶吗，会困惑吗？只有对生命和人性有了深刻的了解和洞悉，你才会突然明白，那只是他一个人的山河岁月而已。所以面对任何突发的状况，我们都要学会波澜不惊。

你要相信，这些自然的呈现，就是生命最本真的授意，一切的一切，都是偶然中的必然。

有些生命，原本你以为是艳的、俗的；然而却在某些地方，会呈现出让你措手不及的博大和崇高，譬如说华山峭壁之上的桃花。

这样的桃花，让我想到了"秦淮八艳"之一的李香君，艳有艳的风情，而坚贞时亦有凛然不屈的风骨。这才是一个人的山河岁月，好的坏的，统统都是她们自己。她们哭过笑过，爱过亦恨过。她们活着，不仅仅只是一个名字。更多的时候，她们活成了自己，活成一个有血有肉的自己。

也曾想到年少时的爱情，拼了命向所爱的人表白，总害怕说得少了，他便不够了解你爱得有多真。然而不了解的，终归还是不了解；不爱的，任凭你再热烈，他也一样爱不起来。他只在他的世界里神游，他只爱他所爱的，他没办法感同身受你内心的万马奔腾。

至今还记得那场刻骨铭心的初恋。

在那个柿红如霞、叶蝶飞舞的早秋，有我少年时代最惨绿沉痛的爱情伤逝。

那是最兵荒马乱的分崩离析，以一种突如其来措手不及的兀突凌空而至。彼时，我还感恩而期许着某些温馨的美好，我想把内心某些情怀延绵成一生的惊艳，却突然遭遇强行撕裂的分离。那时，我清晰地听到自己世界里裂帛的脆响，仿佛自己就是被无情撕扯的布匹，在莫名其妙的瞬间便被硬生生的分离。

那种疼痛和撕裂，是一种血肉模糊的惨不忍睹。

泪一层层落下来，哽咽着打朋友的电话，感觉瞬间自己的价值观都被颠覆了。你以为会一生珍惜的情谊，却在猝不及防的刹那便荡然无存了，甚至连原因你都不曾知道，但却必须得接受。

这就是惨不忍睹的现实。在痛得无法呼吸的时候，也曾失望过，但却从未怨恨过。

这漫长的人生里，我们总免不了要经历太多的雨打风吹去！记得太多东西，对自己是无限残忍的自伤。每个人啼哭着来到这个世界，注定了会在泪水里泡泡，伤害里滚滚，然后最终独自走向死亡，而后寂静无声地回归于大自然，那是一个人的山河岁月。

人生无常，每个人都在自己的世界里走迷局。因此要学会和习惯接受任何人的不期而至，更要适应和理解任何人的突然远行。每个人都有自己的脚步，我们都是随风飘荡的云朵，既然不知道来路，那么也不需要再问归程。

每个人都有自己的山河岁月，身外再精彩，他人再美好，都与你没什么关系，更无须与他人攀比。

你只需要默默的向地下扎根，努力的向天空伸展枝叶，再向往着自己想去的地方。不要因为任何人去改变你的本性和方向，默默地吸收着天地的灵气，把自己打造成拥有独特气质的顽强生命，这才是对一个人山河岁月里最美、最真的交代。

第三章

人生的半江瑟瑟半江红

从前总喜欢圆满，一点都不喜欢半这个字。考试要考满分，喜欢满月的夜晚，看外公编排的黄梅戏哑妻中毒身亡的时候，我哭得特别伤心。就连家里来了客人，盛饭的时候也总是满满当当的，母亲常常笑我心眼太实。

那时只觉得，所有的事情只有圆满了，才能感到幸福，才会使人心安。

十八九岁的时候，看《小团圆》，看到结尾时就特别不喜欢九莉和之雍之间的结局。总觉得他们那么相爱，吃了那么多的苦，书名不是叫《小团圆》吗？为什么在百转千回之后，不给他们安排一个团圆的结局呢？

年龄稍长一些，才渐渐明白，生活本身就不存在十全十美的圆满。虽然作家写的只是故事，但至少也是生活的一部分，它必须有生活的真实走象。

还记得学"半江瑟瑟半江红"这首古诗时，我在家乡的山村小学寄读。

那时还没有审美意识，尽管不喜欢那个"半"字，但那种夕阳西下，河水半明半暗的景象，在我的家乡倒是常见。然后我便充满安慰地臆想着：两个半合起来就是满的吧！然后经常在放学时对着洒满阳光的河水，不自觉地深情吟诵着："一道残阳铺水中，半江瑟瑟半江红"。

后来年长一些再读这首诗时，便读出了哲学的意蕴和味道。

人生在世，难免会有缺憾，花无百日红，月逢过半圆，白天和黑夜更是半半交替。所以半江瑟瑟半江红，不应该只是诗意的存在，在更多时候，它还原了我们生活、人生和为人处世的真相。

虽然半的一端连着缺憾，但却正因为藏了一半的缺憾，便多了一份悠远的回味和妙曼的浮想，多了一份诗意的衬托和辩证的意蕴。

你看春天，多像花枝招展的女子，红花配着绿叶，绿肥映衬着红瘦，那么美又那么生动。这样的美，俨然就是一幅浓墨重彩的水粉画，正是有了红花绿叶、绿肥红瘦的对比，便多了一份生机盎然的诗意和活力，多了红绿映衬的妖娆和妩媚，多了一份视觉上的对比和拓展。而绿和红一旦缺少了任何一种，便会显得单调，显得索然无味。

这世界由男人和女人共同组成，它们单独存在时只能是互不关联的风景。可在人类社会，不管是缺了男人还是少了女人，人类便不能延续；更不要说阳刚美和阴柔美的和谐统一了。好由女和子共同组成，女离了子，便不再是好。一个家庭一旦离了男人或者女人，都不算完整，刹那半边天都塌了。

在一份幸福的婚姻里，再好的男人或女人，充其量都只能占一半，只有两个一半齐心协力地合在一处，才能组成百分百的圆满。所以在婚姻里，不管再优秀的男人，还是再出色的女人，他们都得各自顶起半边天，一个家庭才能幸福美满。

而在爱情里面，一半明媚，一半羞涩的女子最讨人怜。要不哪有徐志摩"最是那一低头的温柔，像一朵水莲花不胜凉风的娇羞"的百年流芳呢？那样欲语还休的风姿，宛如芭蕉未展丁香结的含苞待放；也似尖尖的小荷初露水面，有欣欣向荣的欢喜，也有忐忑不安的怯缩。

人说四十而不惑，很多人只有迈过四十的门槛，才更懂得珍惜和取舍，才更懂得不圆满和缺失都是人们生活里所固有的模式，自此便会豁然开朗，便会有了自己的气象和风骨。于是再也不会无端的去伤春悲秋了，再也不去感怀一些无法两全的宿命了；只会顺应生命的河流，在一半山水一半诗意，一半真实一半情怀里，去用心书写自己想要的人生。

过了四十，尝尽了生活的酸甜苦辣，经历了世态的种种炎凉，自此方知人生真味。从此再也不会在借酒消愁愁更愁的情绪里喝得酩酊大醉；再也不会为了一份得不到的爱情而夜半不寐；再也不会在人群里招摇过市；再也不想在公共场合出尽风头。走过了这尘世一半的路以后，终于明白衣要素的方显其妍，人要静了更显其真。

这世间的事情，也都是留一半清醒留一半醉，任何的较劲和偏执，都是无妄的自伤。就这样半开半掩着门，独自清欢地坐在时光深处，看着那些顺着光束轻舞飞扬的浮尘，感觉它们都是小小的精灵。思绪有那么一刻恍惚，那里也曾有我过半的人生吗？也有我一半的欢愉和一半的痛苦吗？曾几何时，我也像那些浮尘一样，在这滚滚的红尘里拼命地挣扎着，跌宕着……

数年后，和母亲缅怀起我一个叔伯舅舅。

他在世时，可是我们那个山村一顶一的人物。就算出行回老家，都有随从警卫，自是风光到了极至。可他意外去世后，事隔多年，在别人的回忆里，他的人生一多半都是空白的。能记得的，也只是那么几个重要的片段。比如他出生于什么样的家庭，父母亲是谁，和谁一起生活，有过几个孩子；而今孩子大了他也看不到了，再然后便是随风飘逝的感叹……

所以人生不能活得太清醒，太拼命，至少要留一半的空白给自己。就那样静静地坐在风中，听一首老歌也是对生活最好的告慰，万不能把所有的空隙都填满了。留一半空隙给自己，实际上也是另外一种圆满，人生的一半瑟瑟一半红，是半亦是满。半江瑟瑟半江红的好时光，就是最美的风景，切莫只求了浑然一体的圆满，而失了应有的平衡，任何单方面的圆满，都会意味着另外一面的缺失。

清歌过岸，蓦然回首，我的人生也即将过了一半。此生我最渴望，也最理想的生活方式，莫过于在半山半水之间，过一份半闲半忙的生活。忙时做事，而闲的时光都用来浪费，用来弹琴听雨，用来静听春风，用来做好简单的一粥一饭，用来和心爱的人谈天说地……

好日子就是那半江瑟瑟半江红，只有过得一张一弛，松紧适宜才能身心愉悦，太忙或者太闲，都会产生一些负面或消极的情绪。太闲了，荒芜了岁月，荒芜了心智；而太忙了，却累垮了身体，疲惫了心神。只有劳逸半半结合，才是圆满人生。

这一半瑟瑟一半红的人生设想，何尝又不是另外一种偏执？何尝不是对人生圆满的另外一种追求呢？这样想时，我便在自我画圈的思绪里莞尔了。

抬头望向窗外，虽然此时正是一年春好处，却又暮雨纷飞更伤春。

你看，人生总是这样，哪来那么多的圆满？

什么也不想了，就这样沉浸在岁月的河流当中，留一半清醒留一半醉，守一半锦瑟抱一半忧伤，在时光的深处随遇而安吧！

第四章

细嗅蔷薇一帘香

我以为，蔷薇比玫瑰更懂爱情，不止是后人赋予它的花语，还因为它盛开时那种小心翼翼的态度，羞涩浅笑的姿容和不与争锋的包容。

玫瑰太过妖艳硕大，而蔷薇不是。

相对于奔放热烈的玫瑰，蔷薇便显得羞涩且稚嫩，就连开花都是静悄悄的偏于一隅，生怕自己惊扰了谁似的。尤其是粉蔷薇，无形中便让人充满痛爱的怜惜。我以为最纯粹的爱情，也必须是粉色的。那就是一颗敏感而又含蓄的少年心，粉粉的、萌萌的、怯怯的，却又带着陶醉的小甜蜜。

想问他，你爱我吗？那一定是张不了口的。因为还没张口，面就粉了，然后只能在心底柔肠百结的暗潮汹涌着，而面上只能粉艳粉艳地娇羞着。

你看，这就是粉蔷薇了。

在我国，有玫瑰、月季和蔷薇之别，但在英语中，它们统统都被称为 rose，甚至英国历史上著名的红白蔷薇的战争，都被误译为红白玫瑰之战。其实那时英国根本没有玫瑰，只有蔷薇能够适应那种寒冷的环境。

几年前我的一首诗歌里，就曾把蔷薇当成了爱情的象征，其中几句这样写到：

你看，篱笆墙上的野蔷薇都开了，

那一朵一朵，就是我爱你的表白。

其实我知道很多心事，只适合放在梦中，

谁的光阴瞬间便红了樱桃，绿了芭蕉。

当一寸寸时光把所有的故事都染绿，

我疯狂想念的心情，便葱郁地爬满山坡。

在爱情里，很多含苞待放的心事，也是那密密匝匝的蔷薇吧！寂静而悠然地开着，一开便没了边际，一开就是葱葱郁郁了。如果玫瑰能够听到，蔷薇于默默无闻之间，便抢了它的使命，抢了它在我心中神圣而甜蜜的位置，玫瑰会失落吗？它会不会难过，会不会嫉妒得发了疯？

如果你知道蔷薇那凄美动人的传说，一定也会和我一样，认为蔷薇比玫瑰更能代表坚贞不渝的爱情。

相传在风景如画的天目山脚下，住着一个生得极其美艳动人的姑娘，名叫蔷薇。她年幼时父亲早逝，便和母亲艰难度日，她的邻居，一个名叫阿康的善良男青年，便常常予以帮助，不止帮着砍柴、挑水，更是对蔷薇关怀备至。

日久生情，郎有情，妾有意，两人便私订了终身。

适逢皇帝下旨选美女，美貌如花的蔷薇不幸被选中。蔷薇姑娘听闻，当即焦虑得昏厥过去。官吏苦苦逼迫，要带着蔷薇进京，在母亲的百般哀求下，进京的时间终于被推迟了两天。有好心的乡亲指点蔷薇躲进了深山，谎报官府说蔷薇姑娘重病身亡。

此事被贪财者告密，皇上大怒，下令活要见人死要见尸。阿康和蔷薇躲进深山，还是被官兵发现。在万分危急之时，蔷薇纵身跳下万丈山崖，悲痛万分的阿康也随之一跃而下，官兵把他们的尸体运回了京城。皇帝雷霆大怒，命人焚毁尸体，但烧了一天一夜，尸体却完好无损；便又命人举刀剁砍，但尸体仍旧毫发未损；皇上暴跳如雷，令人抛入大海，可尸体却不下沉，只漂浮在海面上。

皇帝的行为终于触发了民怒，一时间怨声载道，民情沸腾。皇帝害怕了，便命人把他们的尸体，合葬在天目山下。

后来，那座新垒起来的坟茔上，长出了一种非常美丽的花，花茎多刺。人们纷纷传扬，那花为蔷薇姑娘所化，那刺为阿康保护蔷薇而生，后世便把这种花叫作"蔷薇"。

蔷薇的别名又作买笑花，据传源于汉武帝与他的宠妃丽娟。

据相关资料记载：汉武帝与丽娟赏花，适逢蔷薇初开，貌似女子含笑。

武帝感叹："花之容，绝胜佳人笑也。"丽娟戏言："笑可买矣？"武帝答"是"。丽娟便取来黄金百两，作买笑钱，以博武帝一日欢愉。

这样的女子，自然也是一朵买笑花，一朵武帝心头的买笑花，难怪得武帝宠爱。

在我国历史上，梁元帝也酷爱蔷薇。相传他有一座竹林堂，里面每年都会种满十间屋子的蔷薇。花开之时气象甚为壮观，且芳香四溢，清新怡人，令人流连忘返。

尽管初次见到蔷薇时，我并不认识，但这并不妨碍我对它的喜爱，对它的一见钟情。触目的刹那，看着它们盈盈浅笑的模样，只觉得那些郁闷于胸的清愁和阴晦，瞬间便一扫而光了。取而代之的是暗潮汹涌的妙曼浅喜和感动，一如那些绵密的花朵，冉冉的顷刻便充满了整个心扉。

那时正是青涩茫然的年纪，刚刚来到这座城市，还记得在那个清冷而略显阴沉的黄昏，独自去了大雁塔。在这座车水马龙的大都市，我只是一只离群索居的孤雁，远离了父母，不止内心没了依靠，就连生活里的一切，都彻底变得孤立无援了。

从大雁塔出来，天空飘着缠绵的秋雨，道旁高大的市槐在凄迷雨雾的洗礼下，更见婆娑的凄美和生动。就那样百无聊赖地踢踏着湿漉漉的青砖地面，怅然若失地朝前走着。没人知道我的绝望，更没人懂得我的忧伤。感觉一切都那么艰难，不止有拔剑四顾心茫然的惶恐，还有欲渡黄河冰塞川的阻力。

未来在哪里，我不知道；以后的路在何方，我更看不清。看着四周鳞次栉比的高楼大厦，哪一座才是我的家园呢？没有人能告诉我。你看，这就是青春，常常兵荒马乱，常常充满迷茫的困顿而让人不知所措；常常只能独自困扰的声声叹，然后再缕缕入肺的碎碎念。

就那样漫无目标地闲逛着，无意间便瞥见不远处高高围起的铁栅栏里，一些我叫不上名字的花朵，正浅笑盈盈地看着我呢！随之"蔷薇园"三个鲜红的大字，即刻映入眼帘。原来这就是早闻其名，未见其物的蔷薇啊！

不由得细心打量起来：只见那些花儿红的奔放热烈，紫的妖冶高贵，白的芬芳纯净，粉的娇柔恬静。她们或低眉垂首，或正襟危坐，更或者含羞侧目；就那样一串串，一朵朵顺着柔软的枝条一层层地垂下来，像风铃，也似流苏，更像一帘五彩缤纷的梦。

它们笑得那么灿烂，多像飞机上等候旅客登机的空乘，只要看到那一张张温馨而迷人的笑脸，内心便莫名的温暖又踏实。刹那间，所有的颓废和迷茫顿时烟消云散了；所有的孤独和疏离，都被这回眸浅笑般的蔷薇驱散了。我竟呆了一样的，痴痴傻傻地一直看着那些蔷薇，直到光线一点点的暗了下去，才依依不舍的走出蔷薇园。

那个黄昏，是我时光坐标上永远的底片。自此，我的脸上慢慢有了明媚动人的笑容，身上也逐渐多了一份雅致清幽的妙曼。以后的很多凄风苦雨里，我都盈盈浅笑着咬紧牙关，我觉得我已不是我自己，我就是一朵在风雨中摇曳浅笑的蔷薇。

写蔷薇的诗句，最喜欢宋代李廷忠的："玉女翠帷薰，香粉开妆面；不是占春迟，羞被群花见；纤手折柔枝，绛雪飞千片。"真是神来之笔，简直把蔷薇的品性写活了。你看，蔷薇不就是这样的吗？好像怕羞似的，所有的花儿都争奇斗艳了，只有它姗姗来迟，不紧不慢，不慌不忙。正是这份不随大流的淡泊态度，便更显得难能可贵。

清代陈伯崖说："人到无求品自高。"我以为这句话，就是写蔷薇的。那是一个人风骨里最坚韧的饱满，像蔷薇的孤芳自赏，也像蔷薇的淡泊无求。我固执的认为，蔷薇就是一个品性高洁的人。

蔷薇科的很多植物，我都特别喜欢，如：梨、桃、杏、海棠、梅花、樱花等，她们都是美的化身，都美得那么生动，美得令人心悦诚服，美得天真烂漫。

光阴如梭，转眼又是一年蔷薇盛开时。那些朵朵含笑的蔷薇，在缕缕微风的摇曳下，散发着清新而又沁人心脾的幽香。它们每开一朵，都是对爱的表白吗？

尽管时光过去了很久，很多往事也早已枯萎褪色；尽管我也不再是那个青涩迷茫的少女；尽管那些滚烫的句子已是随风飘散的清歌；尽管我已在光阴似箭的秋天里，学会了心有猛虎，细嗅蔷薇。

可是，那年那月的蔷薇，已永远留在了我心底。那阵阵幽香，会随着每一次蔷薇的盛开，次第复活并蔓延……

那也是我心底，一帘细碎而幽香的梦吧！

你是眉目含笑的蔷薇吗？如果是，来吧！请到我的身边来吧，让我们在花香袅袅的帘拢下，细嗅着蔷薇的清香，共话一段流年里的滚滚韶光。

哪怕红了樱桃，哪怕绿了芭蕉……

第五章

绸缎上的老光阴

越来越喜欢一些带有老味的东西，像老观音，老茶头，是愈老愈有味道。

很多事物一经光阴浸染，才更显底蕴，例如书法、瓷器、玉石、朋友；然而绸缎不是，绸缎虽生性艳丽，但实则寒凉。绸缎从来都是喜新厌旧的，一旦经过光阴的浸染，一旦有了老味，便让人情不自禁地怜悯而叹息。

这样的场景，像曾经如花似玉的影视明星，年华易逝，身材也早已走样变形，可是为了生活她们却不得不在台前、镜头前穿极性感的时装，做幼稚卖萌的表情。每每看到这样的场景，便无端的感到心酸，内心充满无限的哀婉。

时光是最温柔的刽子手，没有寒气逼人的磨刀霍霍，更没有剑拔弩张的横眉决裂，只在似水的偷偷流逝和暗换里，便悄然带走了这世间最美好的东西。多美的绸缎啊，怎么顷刻它就老了呢？那些锦绣如花的大好年华呢？只是梦里的错觉吗？那柔滑温顺的感觉，那夜凉如水的触觉，那薄如蝉翼的质感，那鲜艳夺目的光彩仿佛只是昨日，只在昨日。然而现在我们触目所及的，终归只能是今天的日子了。只一个回眸的瞬间，它便真的沧桑了，这真是一件无可奈何的事情。

也曾在电视剧里看到这样的场景：在一个精致而颇有情调的咖啡馆里，一个中年男子对一个打扮得花枝招展，穿艳丽绸缎旗袍的妙曼女子，投去赞许而无限回味的眼神。而他对面坐着的，只是一个失去了青春风韵的女子，腰际间已有了丰腴的笨重。虽然也穿着锈满花枝的缠丝丝绸旗袍，然而到底是老了，老得有了岁月的痕迹和光阴的味道。中年女子见男子看得入神，便轻轻地咳了一声，男子转回头。对面的女子便无限哀婉地叹息着："你说，你说，我年轻的时候……"

窗台上掠过的风，正巧卷走了她的后半句话。那女子再也没有勇气说下去了，她的表情便落寞而寂寥。

是啊！谁没有年轻的时候呢？哪个女子年轻的时候不是一枝花？不是一块绚丽而多彩柔软的绸缎呢？然而一旦老了，那些曾经的光彩夺目便一点点的暗下去，再暗下去！到底还是老了！女子一边摸着自己身上的旗袍，一边幽幽地搅动着面前的咖啡，然后头一直低下去，再低下去……

外婆年轻的时候，也是一个极其爱美的女子，穿上绸缎旗袍的外婆，美得就像是从画中走来的人儿。外婆一生只有母亲一个孩子，外公去世后便搬来与我们同住。自此刚刚年满五十的外婆，衣饰便再也没有往日的鲜艳明媚了。她常常穿着蓝底白花的衬衣，底下是同色藏蓝的裤子，越发的显得朴实而暗淡。言语间充满一种寡淡的寂寥，犹如一潭纹丝不动的死水，寂静得格外瘆人。

母亲看着每日沉默无语，悄然进出的外婆，幽幽地叹息着："你外婆这是在牵挂着你外公呢！"

我那时还只是十多岁懵懂而无知的少年，没心没肺地反驳着："才不是呢！你看外婆都没哭过，从来我们家后，一次都没有。你不在家时，我想你才会哭呢！"

母亲拽了拽我褶皱不平的衣角，眼神缥缈地看着远方说："小孩子家，哪懂得这些？"

是啊，一个人在年少的时候，往往只相信自己的眼睛。哪里对人生，对生活做过更多的思考和判断呢？

那个时候，每每看到平静如水的外婆，总觉得外婆太过冷漠无情了。你看，自己的丈夫死了，一个女子的半边天都塌了，而她却连一滴眼泪都没有。

常常忆及外公对外婆的好，便在心里替外公愤愤不平。

那时的女子，生活全随了夫家。外公给外婆的生活，可谓细腻而精致。

外公在剧团唱戏，而且是剧团里的名角，外婆总有穿不完的绫罗绸缎。外婆本就长得秀丽，再加上美丽衣物的映衬，愈发地鲜艳明媚了。在那个物质匮乏的年代，对一般的家庭来说，不要说绫罗绸缎，连穿戴粗布衣裳都是一件极其艰难的事情。

自然，人人都夸外婆好福气。

每逢轮到外公登台演出时，必然给外婆留最前排的位置，放外婆爱吃的蜜橘和糖果。而外婆则会穿着外公给她购置的五颜六色的华丽锦服，端庄而娴雅地坐在台前给外公鼓掌。那绝对是剧场里最靓丽的一道风景，一时间外公和公婆在我们那个小城里，成为人人羡慕的美谈。

而我那时尚小，对外公既敬畏又害怕。尤其是他上了妆的脸谱，总感觉有一种光怪陆离的恐惧，只随外婆近距离地看了两次外公的演出，便不肯再去。

外婆被父亲接来我家的时候，曾带了一口刷着朱红胶漆，印着鸳鸯戏水图案的箱子。只是我们并不知道里面装的是什么，她常年上着锁，也从来不给我们看。有时候我们好奇，问得急了，她便只简简单单地吐出"宝贝"两个字来，然后再不肯多语，我们也只好作罢。

只是一个月总有那么一天，外婆会把自己关在房间里，一关就是小半天，我们都不知道她在里面做什么。起初我们会很着急，一遍遍地叫着，央求她开门，害怕她做出什么傻事来。然而当外婆打开门从里面走出来的时候，竟然是一脸的温和恬淡，仿佛她只是睡了一个惬意的午觉那么自然。

慢慢的，我们也就习以为常，不再对她这种反常的行为感到好奇和担忧了。

我无意间还是发现了外婆的秘密。

那时我已经长大成人了，有天闲暇回了老家，睡到深夜因为口渴突然醒来，便轻手轻脚地起来喝水。

隐隐见外婆房间的灯还亮着，出于好奇便悄悄地凑了过去。也许是夜深人静，外婆才放松了警惕，房门并没有关严。我透过门缝看进去：外婆正从那口箱子一件件取着衣服，竟然都是色彩斑斓的绫罗绸缎。而后外婆便对着镜子一件件地试穿，有板有眼地模仿着外公扮青衣时的动作，竟然有了惟妙惟肖的神韵。而此时的外婆，虽然脸上带了隐隐的泪光，眼神里却有着娇柔的羞涩，像极了三月春光里在烟雨中独自凄迷的桃花……

我的泪滚滚而下。原来外公虽然走了，却一直活在外婆的心中。她的满园春色和花团锦簇，也只有在夜深人静独自私语时，才悄悄地穿给他看，那该是怎样的一往情深啊！

我悄悄地回到自己的房间，久久不能平静。后来思索再三，并未把这件事情告知母亲。因为那时我已懂得，那是外婆和外公的秘密，她不想被人知晓打扰。就是自己最亲近的人，也一样无法分担她的世界。

直到外婆意外因煤气中毒去世，母亲在整理外婆遗物时，才打开那口神秘的箱子。就那样，那整整一箱子五颜六色，有了老味的绫罗绸缎，就那样猝不及防地呈现在了大家的面前。那时父亲已经离世，母亲抱着那一堆色泽已经开始暗沉的衣物，坐在床边号啕大哭。我懂母亲的心酸和五味杂陈，也跟着哽咽，久久的竟然说不出一句话来。

后来，我和母亲一件件地清洗着这些丝绸衣服，把他们熨烫整齐，然后铺在外婆的坟前，一把火全烧了。因为我们知道，这一定是外公和公婆共同的心愿。

凝视着那些丝绸燃起的熊熊大火，我的思绪也在无边地漫游里扩展……

都说女为悦己者容，这本是女性爱美的天性使然。但此刻我更觉得，那些喜欢花团锦簇衣物的女子，必然也会有一段同样旖旎绚丽，盛大而热烈的春光藏于心中。那些暗香浮动的情愫，一旦浓烈到藏不住的时候，她们便花红柳绿地招展着，万紫千红地摇曳着，明媚而灿烂地妖娆着。

像灼灼其华的桃花、像风华满枝的红杏、更像是花满枝丫的海棠，要多灿烂有多灿烂，要多跋扈便有多跋扈，他们全然不顾世人的眼光与妒忌。那时的他们，便也是最美的一块绸缎；他们心中的情愫，便是他们绣于自己人生的五彩锦缎。

要不，人们怎会说："恋爱中的女子，是最美的呢？"

第六章

与最好的自己倾心相见

对于一个女子而言，什么样的自己，才算是最好的自己，是倾国倾城的美貌吗？

李延年说："北方有佳人，遗世而独立，一顾倾人城，再顾倾人国。"

那是赞李夫人的绝世容颜，也正是因为这首歌，使得李夫人的花容月貌很快便被曝光在当朝最高的统治者汉武帝的目光中。而后李夫人不止成了汉武帝的枕边人，也集万千宠爱于一身；更因李延年这首《佳人歌》而名动京城，成就了一段流传千古的帝妃佳话，令后世称颂不已。机敏的李延年也正是借了这重姻亲关系，达到了使自己飞黄腾达的目的。

李延年之所以能够成功，的确是因为李夫人那绝世倾城的容貌，可见一个女子容貌所起的作用，还真不可小觑。然而李夫人所有的，又不单单只是美貌。她能歌善舞，且聪慧异常，又对世故人情有着深刻的洞察力，懂得色衰而爱弛的道理。她之所以能在万千女子当中脱颖而出，固然是以美貌做了媒介，但靠的也不单单是美貌。

在现实生活里，一个女子生得美丽与否，到底能有几分姿容来令旁人称赞，能靠的毕竟只是上苍的眷顾，自己并做不了主，当然现代非自然之力的整容术不在此列。人说女人如花，我以为作为女子，既然担当了花的使命，就应该努力使自己像花儿一样娇丽妙曼，像花儿一样静雅芬芳。

人说女为悦己者容，不管这个悦是自己的身心愉悦，还是他人的欣赏和品鉴，能看到一个漂亮而美丽的女子，的确是令人赏心悦目的事情，因为世人都有一双渴求美的眼睛。然而李夫人出尘脱俗、绝世少有的美，对天下的女子来讲，就像一件稀世珍宝，终是可遇而不可求的。

如若此生有幸遇到，自是前世修来的缘分，自应感谢上苍的眷顾。但倘若遇不到呢，你会沮丧吗，你会因此而觉得自己不够好吗？

其实，在美学的范畴里，美的形态各式各样，美的内涵更是寓意丰富。而决定一个女子美丽与否，美好与否的，从来都不单单只是容貌。还有很多可以衡量的条件，比如说才华、气质、品性、人格；再比如说体态、心境、眼界、性情，等等。

这一系列的综合因素，都会共同来决定一个人美好与否。

人生哲理里有这样一段话：女人，大美为心净，中美为修寂，小美为貌体。

可见容貌的美，终究只是最低层次的美了。而在这三重美学的境界里，只有容颜会老，会随着时光的流逝而颓了、败了。所以一个女子的容颜，是最靠不住的东西。像过了花期的花，总是在不知不觉间，悄无声息的便被无情的时光榨干了水分。花是如此，所有的女子都不例外，谁也不能逃脱时光的腐蚀。哪怕当初再硕大艳丽，过了应有的花期，终归是要凋谢的，是要迟暮的。

要不世人怎么都称赞李夫人的聪慧呢？正因为她深深懂得人性，懂得一个男人的眷恋和喜好，所以会在自己病重色衰之际，拒以病容见汉武帝。也正因如此，她一直保留了在汉武帝心中最美的样子，才会成为汉武帝一生最美好的回味和怀念。

这便是一个女人的眼界了。

相对于容貌和眼界来说，一个女人的气质，才是一本永远也读不完、读不倦的书，它比容貌更能传达一个人的内心世界。要不，怎么会有人说，一个女人的气质里，藏着她所读过的书和她所走过的路呢。

一个女子一旦有了优雅的气质、温婉贤淑的品性、宽广而开阔的眼界之后，便会变得丰盈饱满，坚韧豁达。从此以后，无论经历尘世多少寒凉，遭遇现实多少打击，与多少困苦和心酸撞了满怀，她们都能以最快的速度站起来。

那些伤害和挫折，在她们的生命里，都是水过无痕，雁过无声，那才是一个女子的精魂所在。那些经历时光和世事打磨出来的柔韧，就是画龙时所点的睛，也像那空濛悠远的国画留白，更像是经过时光浸泡的古玉。愈是与光阴岁月绵柔相斥得久了，愈发有了坚韧不拔的温柔，愈能吸取光阴的厚重和温婉，也最能历久弥香。

这样的女子，更像民国时的张幼仪。

在那些青春茫然的时光里，她不过是一枚青涩的果子，一颗尚未成熟的青梅。

然而媒妁之言，父母之命。她在懵懂无措间，便成了才华横溢的诗人徐志摩的妻子。她爱他敬他，她也曾憧憬着一个小女人的幸福和甜蜜，然而世事岂能尽随人愿？

她在他的眼里，是旧的，是俗气，是不名一文的草芥。他鄙视她，不正眼瞧她，冷漠得犹如千年的寒潭。当他把他的热都给了别人后，她终于清醒了，他并非她的良人。

她也曾在冷风和黑暗中徘徊了良久，可人生终归是自己的，自己的路还需要自己走，她开始寻找那个真正的自己。她再也不是他的妻子了，不是他厌恶的附属品。她就是自己，是张幼仪，是努力化蛹的蝴蝶，在自省蜕变中获得了新生。

然后，她有了云裳，有了笃定的气场，有了迂回婉转的雅致，有了柔韧遁藏的霸气……

别人问她，这一生你到底爱不爱徐志摩？对于那些痛苦不堪的往事，晚年的张幼仪，是这么定义她与徐志摩的爱情：

我没办法回答这个问题。我对这问题很迷惑，因为每个人总是告诉我，我为徐志摩做了这么多事，我一定是爱他的。可是，我没办法说什么叫爱，我这辈子从没跟什么人说过"我爱你"。如果照顾徐志摩和他家人叫作爱的话，那我大概爱他吧。在他一生当中遇到的几人女人里面，说不定我最爱他。

这么绵柔的话语，却带着游刃有余的韧性，像弓，也似撑船的篙……

晚年旧地重游时，当她站在曾经与徐志摩住过的小屋前，她也会发自肺腑的感谢他吗？因为他的冷酷和无情的伤害，她才遇见了最好的自己，否则她永远只是他的标签。

年轻的时候，总觉得人生那么长，可供挥霍消磨的时间那么多。那些姹紫嫣红、绿肥红瘦的好时光，总是一茬接着一茬。才谢了春花，转眼便红了樱桃；待绿了芭蕉后，却又迎来了皎洁而清幽的秋月。那样五彩斑斓，闪着光泽的好日子，好像总也过不完似的。

那个时候，根本不懂自己究竟为何而活，常常是一边张牙舞爪地叫嚣着，一边稀里糊涂的就浪费掉了很多的光阴。竟然一点也不觉得奢侈，反而认为，那就是青春应该有的样子。

比如说在乍暖还寒的早春里，谈一场无疾而终的恋爱；像个幽灵一样，漫无目的的四处闲逛着；心念一动，想去旅行抬脚便走了，哪管什么工作责任，哪管他人的感受；有些时候，常常是吃饱了今天，便不知道明天在哪里。

这样的人生，就是一缕无拘无束的风，它自由、邪恶、飘摇、动荡、且又充满了自我矛盾式的尖锐；只是那样的自由，终归少了内心应有的格局风貌，常常让人既颓废迷茫，又困惑厌倦。

直到有一天，突然就明白了。人这一生，总得做点事情，毕竟来这尘世走一遭，总得为了生的这趟使命而做点什么吧！

然后便开始安静，开始有了目标和理想，有了每天特定的奔走方向。尽管常常被累得筋疲力尽，累得腰酸腿软，可内心的花儿全开了，每天脸上总是挂着盈盈如莲的喜气。

终于愿意踏实下来了，愿意潜心用力地去做一件事情，愿意脚踏实地的去走稳每一步。生活也因这份稳稳当当的妥帖，不再逼仄，不再凄风苦雨了。那些困惑迷茫终于被自己勇敢地甩在了身后，每天开始扬起真诚的笑脸，内心自此多了一份优雅的娴静，自己的人生也愈发的有了骨瓷般的质感。开始相信且坚信，开始自我肯定，开始努力跋涉，只要马不停蹄的勇往直前，自己总会一天比一天更好。

这才是我想要的生活啊！这才是属于一个人真正的心灵地貌，只有与自己倾了心，才能逐渐看见更好的自己。

第七章

蓝田日暖玉生烟

初读李商隐《锦瑟》，瞬间爱到入骨，以至后来曾用暖玉生烟做了笔名，只可惜我与那笔名，终是缘分浅薄。

唐代诗人戴叔伦说："诗家美景，如蓝田日暖，良玉生烟，可望而不可置于眉睫之前也。"可见日暖玉生烟那种青烟似雾，不食人间烟火的疏离和隔绝，只能是一份悠远的缥缈。如隔着云端的美人、静影沉璧的月华，只可远观而不可亵玩焉。可是愈是不能靠近的事物，愈能散发出神秘的气质，愈对我们有着致命的吸引力。就像易逝的春花，得不到的爱情，每每回想起来，总是那么的妖娆和妙曼，处处都绿肥红瘦地透着无限的美好和生动。

然而，对玉的喜爱，却不单单是因为它的疏离和难以靠近，也不是借了这诗情诗景的光，更是源于它本身所散发出来的底蕴和气质。玉虽是凉的，却又有着浓郁厚重的质感，一见便惊艳到倾了心。

玉的故事，一定与光阴有染。是几百万年厚重的沉淀，是光阴背后那一抹抹不为人知的哀凉，在时光的浸透和流逝里，折射出了自己的光芒和气场。别的不说，单就玉的形成过程，就经历了上百万年地底的深埋；上千度高温的熔炼和炙烤；一系列大自然的风化和蜕变，最后才有了我们现在看到的璀璨光泽。玉也像人，只有经过时光和历练的淬火，才会更有底蕴和质感。

在我国古代，玉更是一种高贵身份和美好品质的象征。古人认为玉可以代表荣耀、坚毅、仁慈和祥和，是保佑人们平安幸福的护身符。相传玉是由开天辟地的盘古死后的骨髓变化而来的，因此玉器被视为吉祥物，能够抵抗邪气的侵扰。在春秋战国的时候，赵王得到一块洁白无瑕的珍贵玉石，取名为"和氏璧"。秦王听说后，就许诺用十五座城来与他交换，虽然事情发展到最后只是骗局，但也由此可见宝玉的价值真是无比珍贵。而相传，这块珍贵无比的"和氏璧"就产自陕西蓝田县。

在中国奴隶和封建社会，不要说是王公贵族宅院里的摆设，就连帝王登基时的"传国玺"也都是由玉雕刻而成。由此可见玉在中国的古典文化里，不只有着举足轻重的地位，更有着深远的寓意。它和中国文化里的龙图腾一样，达到了一种信仰的高度。也正因如此，一些外国学者也把玉作为中国的"国石"。

古代的文人墨客，对玉的认识，已上升到品质的高度，他们普遍认为玉就是君子的象征。《礼记》曾记载："古之君子必佩玉，君子无故，玉不去身，君子于玉，比德焉。"古代王侯将相，名仕君子，莫不以得美玉和佩美玉为荣。自此便有了君子如玉的比喻。我以为，这样的比喻也是相当美妙传神的。不管是玉的成因，还是玉自身给人的感触，都与君子有着神似的气场。

　　能当得起君子的男子，必然有着儒雅而高贵的品行，坚毅而果敢的心性，在一举手一投足之间，便流露出夺人心魄的神采。那种儒雅和高贵虽然不一定是与生俱来的，但一定是经过时光和世事打磨的结果。也许他们不一定有着清风朗月的俊朗外表，但一定有着温润沉静的个性，笃定而自信的神采；有着对世事明察秋毫的洞悉和掌控能力，却又仿佛置身世外的超脱和洒然，不带一丝杂质。

　　在众多的银屏形象里，胡歌在《琅琊榜》里塑造的梅长苏，当得起如玉的男子了。不管是说话的声音和语速，还是那种处世不惊的态度，抑或从他身上流露出来的那种超脱和坚毅的品性，都符合玉的品质。凉而不寒，温润而又坚毅，果敢却并不勇猛。那样的男子，堪称人间极品。也只有梅长苏那样的男子，才能把玉的性格诠释得淋漓尽致。那样的男子，该是多少女子一生的向往啊？如若遇见，便是劫，一生恐怕都只能沉醉在那样的温润儒雅里而不能自拔了。

　　只可惜，那只是不可复制的艺术品，故事也终归只是故事。他较之于生活，就是日暖玉生烟的缥缈和虚无。如果世间真有这样举案齐眉，能够相伴一生的男子，只怕老天都要嫉妒吧！所以荧幕里的梅长苏，最后也不知所踪，给人留下一段扑朔迷离的回味。

而玉做为一种器物，人们更是赋予了它最为特别的传承寓意。从古至今，不少人把它作为传家之宝或定情信物来使用。一个散发着光阴老绿的女人，那是历经多少山河岁月浸泡的莲心，从丰腴圆润的腕间卸下了那浸润了几十年光阴的玉镯，再轻轻地戴在另外一个肤如凝脂、青涩懵懂的女子腕间。

自那一刻起，这腕间套上的已不是一块清幽寂静的凉玉，那是一生一世守护这一座老宅院，守护这一方家园的使命和责任。尽管女子一代代的老去了，玉却一代代的流传下来，慢慢的不只有了光阴的味道，更有了岁月的温婉和厚重。一块块代代相传的玉，便是一部部历经时光浸染的家族史书。

如若作为定情信物，那一定是缱绻和缠绵的。能够贴身佩戴的玉器，当然是自己的心爱之物，把它赠予喜爱的女子，一定是爱极了，并且有了一生相伴相守的期许。你想啊！玉佩玉佩，一生与之相配！多么感人心扉的场景啊！而女子握着的，不只是一块没有生命力的玉，更多的是他的气息。因为这是他的贴身之物，无论隔着多少千山万水，有了这玉无形间她感觉到离他的距离便近了。

因为此时的玉佩不仅是爱的凭证，更是心上人的化身。这样穿越千山万水的相思，一块玉便寄托了所有的深情。

我有两块极喜欢的玉，一块是翡翠的玉佛，还有一个便是蓝田玉镯。

七夕那天和闺蜜去华清池游玩，导游讲到华清池里的蓝田玉石原石时，顺便讲到了蓝田玉。我才知道蓝田玉还有许多细小的分类，像缠丝玉、墨玉、芙蓉玉等，而最出名的便数芙蓉玉了。据导游讲，冰花芙蓉玉是唐玄宗送给杨贵妃的定情之物，后人便用贵妃的小名"芙蓉"来命名此玉，又因这种玉的内部结构像撕裂的冰块，因此又叫"冰花芙蓉玉"。

而贵妃娘娘不止喜欢戴蓝田玉做成的玉器，每天还用芙蓉玉来泡水洗脸，就连她沐浴的汤池，也是用蓝田玉墨镶砌而成。我们去的时候，那干涸的池中还有几块蓝田玉的原石。相传贵妃娘娘长期容颜如玉，长宠不衰，也与那些玉石的滋养有关。

有爱情滋养的女子，都是一块闪着光芒的美玉吧！

说话间导游一眼便瞥见我腕间的蓝田玉镯，欣喜地要过去观赏。当我轻轻地从腕间褪将下来递于她时，才发现原本大小合适的玉镯，如今松松便卸了下来。闺蜜心疼地叹息一声，"你又瘦了！"我看着导游手中的玉镯，一脸俏皮地回答："你不知道我曾经也是玉吗？瘦了更符合美人如玉的想象。"

闺蜜却幽幽地看着我，"何苦对自己的要求那么高？我可不希望你成为什么玉，我只是希望你做一个快乐的女子。"

我心里一惊："我不快乐吗？玉是不快乐的吗？"

也怪，玉的身上是有阴气的。是不是每一块玉的身上，都沁满了琥珀色的眼泪？

回想起自己已逝的三十多载的光阴里，岁月和命运强加于我的，又岂止是泪水和心酸所能表达的？一路走来，无论踏过多少荆棘，所幸我并没倒下；能走到今天，还有不快乐的理由吗？如果说以前的我曾经被太多的情绪所左右，而挑染了生命里应有的快乐，那么从今以后，我要褪去一身的寒凉，把自己修炼成一块温润宁静的暖玉。修炼成一块吸收了天地之精气，不含任何杂质，默默温暖朝阳，既能感染他人，更能温暖自己，每日冒着盈盈生活热气的暖玉。

第八章

最是清欢一盏茶

何谓茶也？单从茶字本身的结构来看，从草向木而生，可见茶的本身仍草木也。《尔雅·释木》中对茶的解释众多，其中的一条这样释义：茶的古称还有荼、诧、茗等。

而"茗"又为何物？许多字典、词典里的第一条解释就是：茶的通称。故有"品茗""香茗"等词，可见，茶在广义上来说，可与茗字替换，后来喝茶上升到了文化的高度，就以品茗取而代之了。在古代众多文人墨客的诗词典籍里，很多对茶的描摹，也都以茗做了替身。这世间的任何事物，一旦与品字联系在一起，便自然上升到一份清雅而精深的境界和高度。仿佛所有的时光都慢了，所有的行为都有了更为博大的意义和悠远的情怀。

在暮春的周末黄昏，天空净朗如洗，去了终南山的农家小院。小院里有青石做的桌椅，莫名便有了欢喜意，这样的光景是最适合吃茶的。

顷刻便取了自带的八角玻璃杯，泡了一杯"明前"西峰碧螺春。在这样静美的春光里，独自啜饮一段清风习习的春光山色，内心便有了莲的清幽和宁静。在清新扑鼻的茶香中微醺，有阳光的味道萦绕于心中；眺望远山如黛，天地间呈现出一派悠远宁静的大美。偷得浮生半日闲，这样静然于茶香中的光阴，像极了悠远古琴曲里的金石敲击之音，在崇尚快生活节奏的大都市，这样的好时光是茶里的"明前""雨前"茶，尤显珍贵！

微微地闭了眼睛，空山新雨后，整个黄昏便更显素淡。慢慢把杯子凑近面庞，扑鼻而来的除了青草的幽香，还有如兰似梅的淡雅。再看着杯底那一抹袅袅舒展的嫩芽，恍惚间以为春天盈盈盛开于杯底，瞬间感觉自己的心神都被这一杯空蒙的水色染绿。刹那忆起了十八九岁的华山之旅，当别人都在如履薄冰的艰难攀爬时，我却执意要在险峻陡峭的华山上找寻在家乡极其熟悉的野生韭菜……那时的我在众人眼中，自有着年少轻狂的野性和不羁。可是现在想想，却是一片真切的思乡之情，只是当时此中有真意，欲辨已忘言！

有细碎的清风拂过，黯然泛黄的竹篱笆门吱呀吱呀地响着，透过半人高的篱笆门，片片晶莹剔透的梨花，像雪片一样簌簌从枝头坠落，我好像顷刻又回到了童年时代陪母亲闲坐在梨花树下的日子。只是事到如今已非昨，转眼物似人非事事休，这样清雅飘逸的日子，倒美得不像在人间了！一阵清风至，片片梨花雪，一道泛黄的竹篱笆栅栏，好像把一

切的喧嚣和繁杂，都阻隔于时光之外。心底不止泛起了花自飘零水自流
的忧伤和惆怅，还有一些莫名的情愫在刹那升腾！柴米油盐酱醋茶，原
本是古人生活里最浅淡朴素的日子，就如同一方家家户户自织自染的土
布，而如今却成了顶级的奢侈品……

　　无声而漫长的时光里，冉冉地经历过很多细碎的往事，在隔了一断
时光的距离，大多数早已是一片模糊的印象；而唯独年少时分，每逢春
天来临，母亲带我们上山采摘连翘嫩芽制茶的情景，却依然清晰。

　　家乡的四月天，正是山花烂熳花团锦簇的姹紫嫣红；而最引人注目
的，当数满山遍野黄灿灿的连翘花。那一片片耀眼夺目的黄，簇簇紧拥
在柔软低垂的枝头上，像欲语还羞的少女，格外地让人印象深刻。

　　而彼时的我们，只是顽劣的少年，转瞬那些花黄叶绿的繁茂花枝，
便成了我们头顶的花环……母亲只是温和地笑笑却并不责备我们，然后
纤巧的把鲜嫩的连翘芽儿，一簇簇摘入笼中。那时我们觉得，置身于花
丛当中的母亲，那么美！美得就像落入花间的仙子。

　　到了晚上，那些翠绿的鲜嫩芽儿，便在母亲的揉捻翻炒下，变成了
苍老的褐绿，空气里袅袅升起苦涩的青草芬芳。母亲就是一个伟大的魔
术师，你看！只是一夜的光景，那些鲜嫩的连翘芽儿，就由青春靓丽的
少女，一下子有了山河老练的沧桑。

　　母亲常常会往滚沸的大铁锅里，投一把被她炒过的连翘叶，然后那
一簇簇卷曲的枯叶，便慢慢在水中伸展为鲜绿的嫩芽，像一朵朵缓缓盛
开的绿色小花在水里袅袅浮沉……而原本清淡无色的水，也慢慢浸染得

淡绿起来，而后就成了我们一家人的凉茶……只是那时我不习惯那样苦涩的味道，直到很多年以后，我也成为母亲和妻子，才懂得母亲那些看似苦涩的连翘茶，却有着一个母亲和妻子最体贴入微的清香。

人说心境不同，相同的茶也能品出不同的味道，对此语我深以为然。那日心中苦闷，新泡了一杯苦丁，女儿偷偷啜了一口瞬间惨绿着一张脸，哇地一声吐出去；而母亲端起微微抿了一口，若有所思地自言自语着："这苦，才是生活的味道！"

我的眼睛微微便湿了，母亲的一生可谓坎坷之至：年幼丧父，中年丧夫，我知道母亲的心是苦的……

人生如茶，当先苦后甜；而茶亦如人生，只有经得起高温的炙烤和炼狱般的揉捻，才能散发出独特而清幽的芬芳……

韶光滚滚，似水流年，众生来到这个世界注定是要受苦的；因为人人都是坠落红尘的天使，而生命只有不断接受浴火的煎熬，才能更显深邃和圆满。在先苦后甜的人生际遇里，每个人都需要一盏茶香，一份不染俗尘、清风明月般的情怀和禅意，来加持生命的质感和底蕴。

于是，茶这种优雅而朴素的山水灵物，便是我们游走于红尘浊世的清新剂，与《笑傲江湖》里的《广陵散》有着异曲同工之妙！它不止饱含了我们对美好生活的追求和向往，更能无形中把我们的心胸放大，把境界放宽。无论这尘世如何薄凉，一个爱茶、品茶、懂茶的人，内心一定有着他的天地清朗，那是静影沉璧的春风淡影，万不会在物欲纵流的污浊里迷了本性。

明代文学家陈继儒在《小窗幽记》一书中写道："筑室数楹，编槿为篱，结茅为屋。以三亩荫竹树栽花果，二亩种蔬菜。四壁清旷，空诸所有。蓄山童灌园剃草。置二三胡床着亭下。挟书剑以伴孤寂，携琴弈以迟良友。此亦可以娱老。"

由此可见，茶不只是人生柴米油盐酱醋茶里的七件事之一，更是一种博大而悠远的精神食粮。时光碾转，古诗词里的那些茶烟往事已渐行渐远，可总有一些人，还在自我坚守着朗朗乾坤的清气，像极了独具特色的茶。无论时代多么浮躁，淡然于一盏茶香的韵致里，无疑是最惬意的生活方式。心灵也只有时时经历山水田园的沐浴，才能呈现出最纯净的清幽和灵韵。

也正是无意与茶结下了不解之缘，在生命里那些烟火缭乱的日子，我把无数的困顿都变成了闪闪发光的星星，它们曾映照着我蹒跚的步履一路前行，然后才有了骨感铮铮的凛然。庆幸上帝为我关上一扇门的时候，却始终开着一扇窗……

于是更喜欢安静了，安静在那些不同种类的茶香里，因为那些不同类型的茶早就成了我最私密的知己。不管月是阴晴圆缺，我都能在袅袅升腾的茶香里，找到私密而诗意的芬芳。虽然很多时候什么也不做，只一边吃着苦茶，一边晒着太阳发呆，而内心深处也会散发着清幽的寂静和欢喜。

也曾幻想过在古色古香的茶楼里，对面正好坐了心仪的男子，而我刚刚煮了一盏好茶，缓缓地递出去……亦或是缱绻于家中，我们相顾无言地处在书香满屋的静室。彼时，阳光投进格子轩窗，他伏于案几上，有温润如玉的光芒，而我素手起落，在行云流水的古筝声中，嫣然巧笑地斟完"武夷十八道"。而他会轻执了我的手，在相视一笑的莞尔柔情里，一池翰墨和一窗花影都成了我们的陪衬……

那些赌书消得泼茶香的诗意，只属于传说里的李清照和赵明诚，亦或是曾经的陆游和唐婉吗？透过古诗里那些浓情厚意的字句，抑或风花雪月的诗行，我知道那些诗意的旧时光，只是醉花阴里看流年，已过千年……

佛说：这尘世的每一场遇见，都是前世的缘分。如若此生，你是那个与我有缘的人，他日不管你是打马观花与我擦肩而过，还是信步闲庭与我携手月华，我都愿以时光为茶盘，拿真诚做清泉，煮一壶清新淡雅的生活之茶，与你共斟一盏流年里的茶韵茶香……

终
End